FORMIGAS
NO PARAISO

FORMIGAS NO PARAISO

MATEUS BALDI

Formigas no paraíso

Copyright © 2022 Faria e Silva.

Faria e Silva é uma empresa do Grupo Editorial Alta Books (STARLIN ALTA EDITORA E CONSULTORIA LTDA).

Copyright © 2022 by Mateus Baldi.

ISBN: 978-65-89573-50-0

Impresso no Brasil — 1ª Edição, 2023 — Edição revisada conforme o Acordo Ortográfico da Língua Portuguesa de 2009.

Dados Internacionais de Catalogação na Publicação (CIP)

Baldi, Mateus;

Formigas no paraíso / Mateus Baldi, — São Paulo: Faria e Silva Editora, 2022.

128 p.

ISBN 978-65-89573-50-0

1. Literatura Brasileira 2. Conto brasileiro

CDD B869   CDD B869.3

Todos os direitos estão reservados e protegidos por Lei. Nenhuma parte deste livro, sem autorização prévia por escrito da editora, poderá ser reproduzida ou transmitida.

A violação dos Direitos Autorais é crime estabelecido na Lei nº 9.610/98 e com punição de acordo com o artigo 184 do Código Penal.

O conteúdo desta obra fora formulado exclusivamente pelo(s) autor(es).

Marcas Registradas: Todos os termos mencionados e reconhecidos como Marca Registrada e/ou Comercial são de responsabilidade de seus proprietários. A editora informa não estar associada a nenhum produto e/ou fornecedor apresentado no livro.

Material de apoio e erratas: Se parte integrante da obra e/ou por real necessidade, no site da editora o leitor encontrará os materiais de apoio (download), errata e/ou quaisquer outros conteúdos aplicáveis à obra. Acesse o site www.altabooks.com.br e procure pelo título do livro desejado para ter acesso ao conteúdo.

Suporte Técnico: A obra é comercializada na forma em que está, sem direito a suporte técnico ou orientação pessoal/exclusiva ao leitor.

A editora não se responsabiliza pela manutenção, atualização e idioma dos sites, programas, materiais complementares ou similares referidos pelos autores nesta obra.

Faria e Silva é uma Editora do Grupo Editorial Alta Books

Produção Editorial: Grupo Editorial Alta Books
Diretor Editorial: Anderson Vieira
Editor da Obra: Rodrigo Faria e Silva
Vendas Governamentais: Cristiane Mutüs
Gerência Comercial: Claudio Lima
Gerência Marketing: Andréa Guatiello

Revisão: Rodrigo Fagundes
Projeto gráfico e Diagramação: Estúdio Castellani
Capa: Carlos Nunes
Imagem de Capa: Botafogo. Ressaca (1958); Foto de Alberto Ferreira

ALTA BOOKS
GRUPO EDITORIAL

Rua Viúva Cláudio, 291 — Bairro Industrial do Jacaré
CEP: 20.970-031 — Rio de Janeiro (RJ)
Tels.: (21) 3278-8069 / 3278-8419
www.altabooks.com.br — altabooks@altabooks.com.br
Ouvidoria: ouvidoria@altabooks.com.br

Editora afiliada à:

Para os dois Luiz — Alfredo e Favilla.
Para a Elza, que viu o mundo — livre.

Que paz será possível nessa selva
Paulo Henriques Britto

Sumário

De cair a chuva 11

Ponta fina. 19

Mergulho livre 26

O tigre-de-bengala. 34

História real. 43

Mais alto que o mundo 52

As torres. 69

Formigas no paraíso 77

Um pouco de sangue 84

Manteiga 99

Antes que o sol. 114

De cair a chuva

UM

A manhã ainda não chegou por inteiro quando Karen abre os olhos e vê a neblina encobrindo o Pão de Açúcar. O primeiro pensamento é Meu filho dormiu sem tomar os remédios. Karen levanta e corre até o quarto ao lado. Sente a pressão cair. O menino dorme em silêncio. A cortina chacoalha contra o vento. Karen acha que está muito frio. Se aproxima. Toca sua testa — sem febre, ótimo. Volta ao quarto e se enrola no cobertor. Não sabe se aquilo nos postes é chuva ou sereno. Coloca os óculos e tenta discernir. Chuva. Fina. Caindo por cima dos postes e interrompendo o fluxo de luz. A manhã ainda não chegou por inteiro e ela decide sair para uma corrida. Fica de calcinha, os peitos nus diante dos vizinhos dormindo, escolhe uma blusa e uma calça no armário. A tinta está descascando. Precisa falar com o dono. Vai trocar a pintura. Mas antes o filho precisa curar da pneumonia. Tomar os remédios direito. E Rodrigo tem que voltar de Chicago. E Nova York. Só então a pintura. Karen fecha a porta — a corrida, é importante correr. Não é errado, questiona enquanto mastiga um pedaço de pão seco, deixar alguém com pneumonia dormindo para correr no Aterro em dia de chuva? Joga o copo na pia, passa uma água e deixa ali. Dá uma última espiada no filho. Oito anos. Pneumonia. Emergência do hospital. Rodrigo em Chicago. Mensagem rápida — Como tá ai? Dois tiques. Zero resposta. Fuso horário. Karen abre a porta do elevador e não encontra ninguém, só a mesma cor mofada nas paredes. O síndico devia banir esses cachorros fedidos. O dia mal raiou e Karen já sente o cheiro de mijo.

DOIS

Empresa inteligente. *A brand new concept.* A indústria garante. Rodrigo garante. Karen pega o fundo da demissão e investe. Porque a indústria — e Rodrigo — garantem. Bota o cabelo num rabo-de-cavalo que repuxa o couro e sente que precisa afrouxar. Mas acha melhor não. A corrida vai desfazer os laços. Agora sim é dia. Desliza pela rua, atravessa sem olhar para os lados, sem iPod, sem nada, e começa um ritmo lento, um trote, cavalinho sem sair da chuva, Karen não para, pisa em duas poças em menos de um minuto, deixa o ódio para trás, apressa o passo, corre por debaixo do viaduto, assiste aos ônibus passarem, aumenta o ritmo — cardíaco, tudo —, o peito acelerado é bom sinal, uma gotinha de suor pinga da testa, precisa retocar a tinta, comprar lingerie nova, aniversário de casamento daqui a duas semanas, tanta coisa, o sinal fecha e

Karen pisa num pé, pisa no outro, abre os olhos, fecha, o sinal fica verde, pode ir, vai, observa os pombos, escolhe a direção, o Pão de Açúcar ainda está em neblina, tudo está em neblina, eu mesma estou em neblina, Karen pensa, meu filho está em neblina, puta que pariu, meu filho, eu larguei meu filho, mas agora já está rápido demais e não consegue parar, o dia aumenta de intensidade e o ritmo também e o tênis pisa com força e desliza e Karen zune pela pista até tropeçar e quase cair de cara, as mãos repuxam o impacto, Karen vê o ardido grunhir por todo o corpo, talvez o ombro tenha deslocado, não, não deslocou não, para de drama, volta a correr, ninguém sabe, ninguém viu, até o Pão de Açúcar está fechado pela neblina, isso, continua a correr, Karen, corre, Karen, você consegue, dane-se a dor, o ardido, corre, corre, corre, corre, corre, hoje você vai até a Urca e se seu filho abrir os olhos ele vai entender que a mamãe precisou dar uma saidinha e que os lençóis retorcidos, a calcinha e o pijama jogados na cama não significam nada, mamãe volta já, querido, mamãe só foi dar uma corridinha, é preciso correr, pulmão, coração, pulmão, coração, rins, costelas, ardência na ponta do braço, os dedos, não estar nem aí para os dedos, Karen, é preciso não estar nem aí para os dedos, corre, Karen, corre, Lola, Karen, Lola, Catarina, Cecilia, isso, nossa, Cecilia, lembra de Polignano, as ondas lá embaixo e o italiano te olhando e perguntando seu nome e você — É Cecilia — e o italiano — Um nome bonito — e dizendo Titilia, você riu, lembra, Karen, você riu, você dormiu com o cara em Polignano, aquelas rochas lá embaixo, a praia de conchas, uma gruta ligando o oceano ao fim do mundo, a família com os adolescentes, o neném, os trailers no camping, você rindo, Titilia, Cecilia, o italiano — Rino, my name is Rino — e você pensando que Rino era gerúndio em Mesquita ou Belfort Roxo, ai, que horror, menina, Rino, você lembra do pau, do corpo, do peito nu com aqueles pelinhos e seu desejo incontido de ser anônima por um dia, sem filho, sem marido, sem nada, viagem às pressas, já que no sul, por que não Polignano, por que não visitar uma cidade construída sobre as rochas, casinhas brancas, um mar absurdo lá embaixo, tudo tão lindo, tão bonito, uma noite de sábado, enganar um Rindo, não, é Rino, isso, Rino, enganar um Rino e trepar com ele e gozar como Rodrigo nunca conseguiu te fazer gozar, é um sexo diferente, é tudo diferente depois que os filhos nascem, a existência presume a decadência, mas também é tudo junto, é uma troca consentida num restaurante onde Rino é garçom e te serve uma pasta cheia de camarões e mariscos e aquela suruba alimentar deliciosa que você mastiga, Rino, você pergunta se tem vinho e ele diz que te leva para tomar na melhor espelunca da cidade, ele diz num inglês macarrone, é engraçado, tudo em italiano termina com vogal, então eles falam inglês botando vogal no fim das palavras e você acha graça, você achou graça, você deu pra ele, *What's your name* — É Cecilia — e no instante seguinte ele está te puxando pelos cabelos que nem Rodrigo nos primeiros dias, ele morde sua orelha e te põe em cima da balaustrada, o mar lá embaixo, o apartamento é de um amigo, fica de fundos, e os fundos em Polignano são a porra do mar, o mar inteiro, e ele te chupa com o mar por testemunha, sua bunda na balaustrada de ferro grosso, você se sente dona do mundo e crava as unhas nos cabelos dele, zonza, tonta, tudo, absolutamente tudo, Cecilia te liberta, mas é Karen, por isso no dia seguinte você fugiu, não foi, você fugiu, Karen, Karenina, tanto faz, fugiu, não houve trem, é certo, mas você fugiu e abriu uma fenda, talvez, no coração do pobre garçom, tadinho do Rino, volta lá, Marcela disse, tu precisa pedir desculpas pro maluco, mas você não queria pedir desculpas, apenas sumir, retornar ao Rio e à sua vidinha miserável — *entrepreneur*, está na bio do Instagram, agora você é *entrepreneur* e investe dinheiro numa empresinha nova, inteligente, *a brand new concept*, a indústria garante, Rodrigo garante, todo mundo garante mas não confirma, o dinheiro uma hora desanima, o mundo desanima, o Pão de Açúcar desanima, hora de voltar, ainda correndo, Rino, Polignano, balaustrada, *entrepreneur*, pneumonia, o menino está com pneumonia, dois tiques, Rodrigo, Chicago, *Houston, we have a problem, I cheated on you but it wasn't so good, come on*, Houston, Houston, Oi, tudo sim, e aí, Francisco melhorou? Sim, Karen responde, mas a verdade é que nem sim nem não, Karen não sabe, você não sabe, Karen, seu filho tem pneumonia, controlada, claro, o pai viajando e você sendo ausente correndo até a Urca debaixo de uma garoa que gruda a malha fina da camisa na sua pele de mãe ausente, mãe demente, que absurdo, Karen, o menino vai morrer e a culpa vai ser sua, vai sair em todos os portais de notícia, a mãe relapsa, mas tudo bem, você sobrevive, Rino sobrevive, o mundo sobrevive, até deixar de existir o mundo ainda vai acabar muito, você sabe disso, decide fazer a curva e seguir correndo, não vai atravessar e passar por baixo do viaduto, não, vai seguir correndo, um bom ritmo, um bom pace, não precisa de aplicativo, olha o ritmo, segue o ritmo, Karenina, segue o ritmo, olha que bacana, ritmo, o marido ficaria orgulhoso, o mundo ficaria orgulhoso, Rino provavelmente perguntaria — Por que você fez isso?, mas quem se importa, não é mesmo, da sua vida já basta você se preocupar, e não só dela, porque há uma empresa e um filho, um filho é outra vida, embora todo mundo sempre tenha dito que o filho é parte sua, coisa nenhuma, ele é diferente, ele é Rodrigo menorzinho, ele reclama, responde, causa problema na escola, você é chamada, acha um inferno, não foi pra isso que eu engravidei, será que Rino ainda posta aquelas breguices no Facebook — *Forza Azzurra!, va fancullo pezzi di merda, buon giorno a tutti, daje* — ou parou, tomou jeito? Como anda Rino e seu pau, como anda Rodrigo e seu pau, como andam os homens e seus paus, como suportam existir com aquele peso entre as pernas, haja cinismo, é mais fácil sorrir quando não se tem nada impedindo uma boa cruzada de pernas, uma boa cintura, só o deserto percorrido de estrias que é sua pele, o maior órgão do corpo humano, corre, ritmo, olha o ritmo, Karen, mantém o ritmo, Rino, Francisco, Rodrigo, todos os homens da sua vida rimam, e rimam porque os homens nasceram para rimar entre si, existe o clube do Bolinha e o clube da Luluzinha, ambos são impenetráveis, as bolhas, a social media, a internet, o aluguel, o condomínio, impenetráveis na própria existência, corre, Karenina, corre desse homem, Cecilia, faz a curva, volta, volta, a chuva está apertando e seu corpo não aguenta, vai cair de novo, menina, volta para casa, toma um táxi, pede um Uber, grita, urra, espirra, tosse, só falta eu também pegar pneumonia, calma, Karen, tudo sob controle, ritmo, pace, meia-maratona no fim do ano, maratona no início do dia, o ritmo, continua tudo sob controle, a existência, a vida, o silêncio da cidade, Rino vendo você sorrir no começo da *mattina* e perguntando se está tudo bem e você sem saber o que dizer, só querendo fugir dali, ao que ele diz — Troppo silenzio — silêncio silêncio silêncio silêncio silêncio silêncio explodindo em barulho no teu ouvido, o rugido do mar nas grutas de Polignano, nas pedras balaustradabaixo de Polignano, o mar em tudo e em nada e Rino dizendo — Meu avô era promotor de justiça e sempre me dizia que a vantagem do silêncio é não perturbar os inocentes — você queria ir embora, você só quer subir as escadarias, dane-se o elevador e o cheiro de urina, Francisco, você precisa de Francisco, ele precisa de você, ele acordou e está chorando em desespero, você tem certeza, Francisco, calma, filho, eu tô chegando, foda-se o portal de notícias, eu vou ser a mãe do ano, eu sou a

mãe do ano, a melhor mãe do mundo, a melhor corre-
dora, eu sou, eu sou, eu sou eu sou eu sou eu sou eu
          a melhor mãe do mundo
     abre a porta, Karenina
                  corre até o quarto não
para de correr olha como você foi burra Francisco ainda
está dormindo e lá fora
             nunca para
       não para
                   nunca
     de
          cair
               a chuva.

Ponta fina

Porque a ladeira era íngreme, e a construção ficava no alto de uma colina, precisava caminhar de mansinho pelo chão de terra, os pés metidos numa sandália gasta, e só no fim tirar da pequena bolsa um molho de chaves cinza antes que a respiração escapulisse.

Abriu a porta tomando cuidado para o cachorro não entrar, disse Lodo, fica aí, e o cachorro ficou. Preto, a barriga branca, parecia o fundo do mar das praias de sua infância. Lodo, fica, ela diz e observa a orelha esquerda em eterna vigília. Menino bonito, insiste, e atira pela janela da cozinha um pedaço de bife. O cachorro mastiga e deixa escapar sua língua vermelho-vivo por entre os dentinhos. Ela sente pena. De vez em quando, desconfia que seria melhor tê-lo recolhido ainda filhote, nascido de uma cadela bonita, em vez de arrebentado no meio da rua, um negrume de larvas escorrendo acima do ouvido.

Ele começa a uivar e ela decide ver o que é. Veste um casaquinho de lã por cima da blusa larga e salta para o quintal, os pés duros caminhando sobre a relva úmida. O que foi, meu filho, e Lodo salta até a arvorezinha onde há um pequeno volume entre as folhas secas do chão. Um pássaro. Ela enxerga em volta.

O céu está vazio. Nuvens, mas vazio. Chispa daqui, diz, e o cachorro chispa. Mais um, pensa. Deve ser o quarto ou quinto bicho que despenca no quintal desde que ela se instalou naquela casa, há alguns meses, por culpa do filho. O genro não queria, a filha, idem, mas Danilo os convenceu de que morar em um bairro cheio de assaltantes não fazia bem a uma senhora. Ela não teve escolha. Por esses dias, conversando com Wong, disse que, pela primeira vez, se sentia feliz de acordar e ver o sol sair de mansinho, o calor invadindo o quarto, rompendo a lâmina escura, diminuindo a ferocidade. Wong não riu, não disse nada. Catou uma agulha e espetou no ponto da andorinha. Ela também havia pesquisado sobre isso, o ponto da andorinha, o ponto do cisne, o ponto da mula. Wong disse que era medicina tradicional, que podia confiar, e ela confiou, mas não a ponto de descartar o Google. Não achou nada disso. O chinês disse que era uma técnica cantonesa, Guangzhou, a cidade, e depois apanhou outra agulha. O que eu estou fazendo com o meu corpo, ela pensou, servindo de boneco de vodu pra um chinês maluco, mas nesse exato momento, quando apanha o pássaro e cruza o quintal segurando-o, chega à conclusão de que Wong não é maluco. Nos últimos cinco meses ele curou sua dor na lombar, o movimento limitado dos braços por cima do ombro e uma sensação constante de resfriado que nunca passava. O rim, Wong dizia. É preciso cuidar do rim.

 Isso não impede os pássaros, ela pensa. Caminha até o cercadinho, onde o cachorro não vai, e ajoelha.

Antigamente os bichos ficavam ali. Cabras, galinhas. Agora é só um pedaço de terra batida. Um túmulo coletivo para os outros bichos que caíram do céu. Não é possível, ela diz num grito íntimo, e cava um buraco com a ajuda de uma pá cor de laranja. Quando sai do cercadinho, dá uma última olhada para trás e reza para que o deus dos pássaros lhe garanta um bom destino.

    Na cozinha, o celular está sobre a pia. Termina de acertar com o filho os detalhes do exame de rotina. Escreve para Wong desmarcando a sessão do dia seguinte e explica o motivo. Ele pergunta se ela volta depois de amanhã. Não, à noite eu já estou por aqui, por quê? Wong quer fazer um pedido. Primeiro ela deve passar na loja do irmão e retirar duas caixinhas coloridas a serem entregues numa sacola rosa. Em seguida, precisa se dirigir à mercearia do Ming, que todo mundo conhece, um quarteirão abaixo, e retirar três caixas em sacolas de palha com a imagem de um gatinho. Depois, outras duas caixas no armazém de um amigo, mas, atenção, essas duas caixas são pesadas, porém nada que atrapalhe ou tire espaço no veículo. Por último, mas não menos importante, seu cunhado entregará seis caixinhas coloridas de diversos tamanhos, que ela deverá trazer com cuidado para não deixar cair. E só.

    Ela pergunta se tem mais alguma coisa. O chinês diz que não. Ela medita. Então se decide. Está bem, Wong, eu pego as caixinhas. Ele vibra e se despede com uma saudação amistosa. No banho, fica imaginando o que poderá existir nessas caixinhas. Não faz ideia. Pensa em comida, ou então agulhas. Pássaros mortos, recolhidos em caixas de papelão após caírem gritando de um céu chuvoso. Não, conclui, e desliga o chuveiro. Nada disso.

Quando conheceu o chinês ele estava no mercadinho segurando o neto no colo. Ela teve dificuldade com o cartão de crédito, algo sobre o chip, e ele ofereceu ajuda. Trocaram nomes e ela descobriu que seria bom passar os anos de aposentadoria cuidando de si após tanto tempo cuidando dos outros. Wong atendia no centro do distrito, ao lado de uma tinturaria que com certeza só servia para lavar dinheiro. Naquele lugar ninguém precisava de tinturaria. Com o tempo, grande parte das conversas entre os dois passou a girar ao redor da realidade daquele espaço escuro, um buraco negro no distrito, que Wong dizia que um dia pegaria fogo. Fiação velha, sabe? Ela não sabia. Mal reparava no letreiro azul com tinta descascando, a mulher de óculos atrás do balcão, um cheiro de produto químico insuportável que só desaparecia quando entrava no pequeno sobrado e percorria as escadas até o odor de mocha dissipar tudo.

Deite-se, Wong dizia, e começava. Na primeira sessão esqueceu uma agulha em suas costas. Ela descobriu porque havia algo pinicando durante o banho e, quando viu, uma agulha. Wong pediu desculpas. Não iria se repetir, disse, e se repetiu — outras cinco vezes, como os pássaros. Por isso ela checa antes de passar a toalha. Nada. Sua pele está limpa. No dia seguinte, porém, enquanto dirige até a capital, sente algo espetar seu quadril. Diminui a velocidade quando avista um posto de gasolina e, do lado de fora do carro, inspeciona com as mãos. Uma semente pontiaguda que veio no vento. Suspira, aliviada. Na clínica, o filho diz que a mulher pediu o divórcio. Não há condições de viverem juntos, Camila está decidida. O que eu faço, mãe? Ela reflete, dá um conselho bobo e logo é chamada. O doutor é simpático, tem olhos cor de musgo, e só a chama de dona Julia. Após tantos meses sozinha, é bom ser lembrada de que ainda há vida, de que as pessoas existem, não são miragem nem um robô que enfia agulhas.

O exame acaba e o médico a reconduz ao filho. Danilo está irreconhecível. Ela tem vontade de dizer que vai passar, que a vida é assim, mas sabe que não passa, que demora e arde. Acupuntura pode ser uma boa ideia. Irrigar o ponto do cisne. Aliviar a pressão. O que foi, mãe? Nada, ela diz, estou perdida nos meus pensamentos. São bons? Comuns, meu filho. Comuns.

Por fim, vai à loja do irmão, a cara de Wong, e em seguida passa na mercearia do Ming, no armazém do amigo e no cunhado. Arruma as caixinhas como pode e desliza de volta para casa, com cuidado, observando a paisagem, cuidando para que desta vez nenhuma semente caia no seu quadril. Chega de agulhas esquecidas. Há uma nuvem afogada entre as montanhas, uma vertigem de fogo anunciando que logo mais é tudo breu, lodo imundo. O cachorro. Esqueceu de deixar a comida dele. Internamente, se pune. Tem medo de que, no imprevisto, ele consiga penetrar o cercadinho e mastigar o pássaro enterrado na véspera. Cachorros sentem tudo. O cheiro de carniça não ilude.

Ela sobe a ladeira e estaciona de qualquer jeito. O bicho está deitado no quintal, de barriga pra cima, como se caçasse borboletas com os dentes. Ele se dirige até o seu corpo idoso e cheira seus pés. Sai daí, ela diz. Em casa, toma um copo d'água e liga para Wong. Ninguém atende. Pensa que ele deve estar numa sessão e decide fazer uma visita. Levar as caixinhas. Antes de deixar a casa, segura uma das embalagens mais pesadas. Está lacrada. Ela resiste à curiosidade e acelera. Conforme se aproxima do pequeno distrito, um cheiro azedo se infiltra pelas janelas semiabertas. Ao longe, uma coluna de fumaça. Ela pisa no acelerador e xinga.

Wong está sentado no meio-fio, diante da tinturaria. À sua volta, a multidão e um carro do corpo de bombeiros da cidade vizinha. Não sabe o que dizer.

O calor das chamas agride os olhos, faz lacrimejar, e, no entanto, Wong está impassível. Ela se desconcerta.

Queimou tudo, ele suspira. Você trouxe as caixas?

Estão no carro.

Ele se levanta e dá as costas à turba. Os dois caminham lentamente, sentindo o toque do piso quente sob o calçado, as vozes que chegam indistintas, traços de conjecturas. Minutos depois, diante da pequena casa, antes que a mulher de Wong leve as caixinhas para dentro, ela não resiste e pergunta do conteúdo.

Lápis, canetas de ponta fina e material de pintura, ele diz.

Ela permanece muda. Observa os dois entrarem a passos de monge. Ainda não dá para saber o estrago no sobrado, na tinturaria. É possível que ele tenha perdido tudo. Também é possível que o fogo tenha lambido somente uma das paredes e, com o tempo, ele consiga reconstruir o consultório a ponto de voltar a enfiar agulhas nas pessoas. Mas agora é noite. Ela precisa dormir.

Mergulho livre

Você não fala nada. Entra mudo e sai calado.
Tá bem.
Tá bem, não. Entra mudo e sai calado. Não quero criar confusão.
Você vai falar alguma coisa?
Vera pisa no freio e olha para o lado. Não sei, diz. Acho que alguma coisa vou ter que falar.
O quê?
Não sei, meu filho. Na hora a gente vê.
O carro entra numa pequena rua. O ônibus à frente para no ponto e Vera buzina duas vezes. Marcos repara que sua mão ficou vermelha, o anel vagabundo apertando a pele, espetando a falange.
Esse filho da puta vai acabar atrasando a gente.
Mas o cara já não tá morto?
Vera dá mais uma buzinada. O ônibus se desloca como um elefante. Não é o cara, ela diz. É o meu pai. Seu avô.
Desculpa.
Tudo bem, não vamos ficar sensíveis agora. Sim, ele está morto, mas quero chegar pro velório. Se esse trânsito de merda ajudar.
Marcos olha lá fora — papel rolando no meio-fio, mendigo catando lixo, carro velho cuspindo fumaça. Nublado, mas quente.

A Rita falou que o enterro começa às quatro. Ainda são duas e quinze.

E se não tiver lugar pra estacionar?

Ele se lembra do enterro da avó, meses antes. Vera xingando todo mundo porque não tinha vaga. Porque queria conseguir enterrar a mãe e colocar a medalha de Santo Expedito entre as mãos do cadáver. A cirurgia é simples, o médico disse. A gente extrai e no mesmo dia ela já vai pra casa. Vera não se preocupou. Depois de duas horas no centro cirúrgico, o médico disse que a dona Lucia não tinha resistido a uma parada cardíaca.

Os olhos passeiam pela ponte enquanto um barco cruza as águas parecendo uma caixa de sabonete esquecida sob o armário.

Responde, Vera diz. E se não tiver lugar pra estacionar?

Mãe, não vai acontecer de novo.

E se acontecer?

Ele dá de ombros. No fundo, a memória do avô é indiferente. Não sabe dizer o que significa. Sabe que existe, e isso já é muito. O retrato fica atrás da porta, numa entrada na parede onde Vera junta os santos e os mortos. Ele precisou de um tempo para compreender que aquela morte específica não correspondia à morte cotidiana, era algo íntimo, como se alguém arrancasse uma raiz com o punho deixando um buraco no meio da cidade — o tipo de força que Vera tem e ele já conseguiu testemunhar. Luiza, por exemplo, que ia lá de vez em quando, tomava café, contava história. Até o dia em que inventou de falar, enquanto Vera desenformava um pudim, que a sala ia ficar uma graça pintada de azul. Olha só, Vera disse, eu não me meto no seu relacionamento e você não se mete na minha casa, estamos entendidas?

Não vai acontecer, ele diz após um longo momento de silêncio, só para garantir que ela não surte. Vai ter vaga. Ela surta. Do seu jeito, mas surta. Dá uns petelecos no volante, tenta rasgar o couro com a unha. O esmalte saiu todo na última noite. No dente. Rita, Marcos pensa, agora a mãe em silêncio, um fio de lágrima caindo pelos olhos. Rita mandou mensagem avisando que o homem tinha infartado e estava indo com a mulher e os filhos para o hospital. Ele fica se perguntando se gosta de Rita. Se Rita fez certo. Unha, unha, unha.

Meio-dia, Rita ligou e disse que o homem tinha ido embora. Consegui o cemitério, acrescentou. Toma nota.

Essa cidade é horrível, ela diz. Nojenta. Cheia de pobre e gente mal vestida.

Mãe!

É verdade. Só precisa sair pra esses buracos e ver. Olha aquela mulher lá.

Uma senhora de blusa florida, o tecido gasto, caminha debaixo do sol que escapa às nuvens. Tem os olhos enfiados numa cara mole. As mãos estão vermelhas por causa das sacolas.

Marcos sente pena. Alguma coisa lembra a avó. Uma prima distante da avó, que ele conheceu do outro lado da baía quando tinha cinco anos. Mas pode ser que lembre o avô. O retrato do avô no buraco atrás da porta. Ele não sabe. Se pudesse, preferiria não saber. Não pode. Não quer. Tem medo de pisar em cemitério, ver gente viva, gente morta — tudo. Prefere o quarto. A ideia de quarto. Luiza — muito longe.

Abre o porta-luvas, filho. Vê se o documento tá aí.

Que documento?

Minha certidão.

Que certidão?

De nascimento, anda logo, Marcos, porra.

Ele abre. Encontra um saco plástico, a documentação do carro, um kit de primeiros socorros numa embalagem azul e, lá atrás, o papel amarelado.

Aqui.

Lê o que tá escrito. Em voz alta.

No dia vinte e três de setembro de mil novecentos e...

Não, embaixo. Onde diz o pai.

Filha de Carlos Alberto de Freitas Neto e...

Repete.

Mãe.

Repete.

Pra quê isso?

Porque é a verdade.

Não se preocupa.

Marcos, a gente tá indo pro cemitério, eu vou me preocupar com o quê?

Olha...

Não. Sem respostinha. Vai. Lê de novo.

Filha de Carlos Alberto de Freitas Neto.

Muito bem. Sabe o que isso significa?

Que você é filha dele.

Não, querido. Significa que eu tenho direito à metade de tudo daqueles filhos da puta que tiraram ele da minha casa.

Houve um dia em que ele conheceu o avô. Vera surgiu encasacada na porta do quarto e disse que iriam pescar. O homem apareceu em um carro miúdo, cor de vinho, e o acomodou no banco de trás no espaço entre o balde de plástico e as varas. Algumas estavam imundas. Havia um cheiro rançoso de peixe e maresia que não desgrudava do forro. Ele quis vomitar. Segurou firme. Dirigiram por mais de cinquenta minutos até a ponta da cidade. Agora, a oitenta por hora, ele não se lembra onde era. Também não quer perguntar. O avô estava de barba e fumou três cigarros no caminho. Falou do clube, disse que o novo presidente era uma vergonha e pediu que ele prometesse treinar paredão. O Pelé ficava o dia todo chutando com as duas pernas, Marcos, pá, pá, pá, por isso que ele virou aquele mito. Se tu quiser jogar, tem que ficar batendo bola o dia todo. Todo dia. Uma hora vai.

Ele não queria jogar. Tinha medo. Ou não exatamente medo, mas um receio profundo de não ser adequado. Via os meninos correndo com a bola, os pés passando por cima do couro da chuteira, a quadra — nada disso parecia factível. As meninas, em contrapartida, com suas bonecas e casas inalcançáveis, eram muito mais objetivas. Ele ficava junto à parede observando de longe. De vez em quando olhava os meninos. Por um segundo tinha certeza de que ainda seria capaz de colar a bola aos pés.

Guarda pra mim, Vera diz e lhe entrega a certidão. Ele põe no fundo do porta-luvas tomando cuidado para não amassar. Você tá bem?

Tô.

Ótimo, alguém precisa estar.

Respira.

Queria fumar um cigarro.

Deve ter alguma banca perto do cemitério.

Você compra?

Me dá o dinheiro.

No console há um compartimento. Ela puxa uma nota de dez esmagada por uma embalagem de chiclete. Ele recorda a mulher demitindo-o e, por consequência, a última visão dos barcos, o último salário entregue ao rapaz da terceira loja na marina, a moça da agência ao lado dizendo que ia sentir saudade, o ônibus de volta para casa e a indecisão. Queria ir para a Região dos Lagos. Alguma coisa boa poderia estar escondida longe do caos.

Eu vou pra Arraial do Cabo, ele diz.

Vera não desgruda o olho do trânsito. Ficou maluco, meu filho? Fazer o quê em Arraial?

Mergulhar.

Não pode fazer isso aqui?

Lá a água é mais limpa.

E o dinheiro é mais curto.

Eu me viro.

Tá bom, faz o que você quiser. A gente pode resolver isso depois?

Já está resolvido.

Ele apanha a mochila no banco de trás e confere se está tudo guardado — snorkel, binóculo, máscara, roupa, short.

Mãe.

Que é?

Você lembra aquela vez que meu avô levou a gente pra pescar?

Não.

Jura?

Filho, isso nunca aconteceu.

Como não? Eu tinha uns cinco anos. Ele passou de carro e a gente foi até a...

Você está delirando.

Mãe, eu lembro.

Então tá bom. O que aconteceu?

Nada. A gente foi pescar e depois voltou. O carro fedia à beça.

Vera não consegue controlar um risinho. O pai gostava tanto de peixe e carne que depois de um tempo tudo que ele tocava tinha cheiro de peixe e de carne. Tudo. Ela tem certeza de que, no leito de morte, vai fechar os olhos e sentir pela última vez aquele cheiro ruim.

Não tem vaga. Em silêncio, Vera estaciona próximo a um campo coberto e caminha lado a lado com o filho. Termina de roer o que sobrou das unhas. Alisa o cabelo.

Você não fala nada, diz. Entra mudo e sai calado.

Posso pelo menos dar oi?

Qual parte você não entendeu? Não viemos fazer amigos.

Ele murmura qualquer coisa inaudível. Quando viram a esquina, se sente tragado para o fundo do oceano. É tomado por uma paz inexplicável, uma tranquilidade difusa alargando os ouvidos. Como se estivesse enchendo d'água.

Vera estaca na porta do cemitério.

Que foi, mãe?

Nada. É difícil.

Quer voltar?

Agora que eu já paguei dez reais praquele cara não riscar meu carro? Anda. Vamos.

O muro é alto e branco. Um matinho simpático percorre toda a extensão, paralelo à calçada. No portão, um sujeito conversa com o guarda municipal. Há um apontador do bicho sentado numa carteira escolar no bar em frente. O sujeito e o guarda atravessam a rua e gritam algo para o homem de bloco na mão.

Marcos fica algum tempo olhando os três. Pensa no avô, a outra família a alguns metros de distância — o outro mundo. Quando entra na capela seu corpo volta a afundar. Mal repara nos gritos, nos xingamentos, em Vera pedindo auxílio.

A única coisa visível é o nariz do morto, uma montanha que paira, tímida, acima das flores.

O tigre-de-bengala

Cheguei à conclusão de que tenho pavor de gente velha. Eu preciso ficar com os mais novos. Os amigos dos meus filhos, por exemplo. Daqui a alguns anos eles vão ser todos novos o suficiente para me aguentar. É disso que eu preciso, entende? Não é que eu tenha problema com os velhos. Não tenho. Nenhum. Quer dizer, falta de colágeno pode ser. Acho. A pele toda arrebentada. Não digo você, claro. É só que às vezes me bate uma revolta diante da natureza.
Por quê?
Você já segurou uma folha na mão? Ou uma flor, que seja. Aquela textura. Aquela leveza. É terrível. Eu sei, sou uma mulher que não gosta de flores, mas...
Não dá pra ser cem por cento feliz, não é?
Não.
Ficamos por aqui.

São oito da noite de domingo, Maurício quis ficar mais uns dias. Angra dos Reis, iate alugado do amigo, nós dois, as crianças com o Pipo. Eu e Maurício, juntos, sozinhos, a lua por testemunha — e eu perdi meu vibrador. Não é brincadeira. Queria que fosse. Trepamos, ele foi fazer o jantar e fiquei desesperada. É roxo e vibra em sete velocidades. Total relax. Flex. Rabbit. E sumiu. Em um iate. Um barco sob a lua de Angra — que nem é meu; que nem é minha.

Estou de quatro no piso úmido. Uma bandeira azul tremula na proa. *Salva as lindas e afoga as feias.* Homens. Mauricio, por exemplo. Podia curtir um tour de vinhos no Chile, um esqui em Aspen, meia dúzia de queijarias na França, mas não — a vibe dele é alugar barquinho pra ficar pilotando em Angra dos Reis.

Não sou uma mulher fútil, mas existem certos limites. Barquinho em Angra é um deles. Podia ser pior? Sempre pode. Uma ida a Penedo para ficar trepando debaixo de um cobertor felpudo num hotel-fazenda é sempre o fim do mundo, mas ficar de quatro num assoalho duro procurando um vibrador...

— Querida, o jantar está pronto.

Já vou, grito.

— Tá tudo bem?

Tá, grito de novo. Mauricio não fala mais nada. Sabe que é difícil mexer comigo. Não que eu esteja de TPM. Não estou. Aliás, dia desses ele comentou que um amigo queria combater a TPM.

— Coisa de mulher histérica — disse. — Qualquer negocinho é TPM. Desculpa pra tratar os outros mal.

Bota esse filho da puta na minha frente e eu arranco o saco dele com a unha.

Mauricio riu.

— Você tá na TPM, não tá?

Vai se foder, eu ri — e estava na TPM.

Por que estou lembrando disso? Cadê a porra do meu vibrador?

Acho que eu tenho medo de chegar aqui e ficar dizendo tudo da minha vida.

Tudo o quê?

Ah, sei lá, qualquer merda do tipo Semana passada fui viajar com o Mauricio, deixamos as crianças no Pipo e eu perdi meu vibrador.

Como assim?

Um rabbit. Não sei se você sabe o que é um rabbit. Enfim, eu sou uma mulher moderna, sabe?

Você é uma mulher moderna?

Na maioria das vezes. Tento ser.

Tenta?

Tento, e isso não quer dizer que consiga. Ser moderna é difícil.

E você quer sobreviver.

Estou sobrevivendo, não?

Você me diz.

Não sei.

Nos vemos na quinta.

Eu sou uma mulher razoável — acho, creio. Sei lá. Mauricio diz que o jantar está na mesa. O vibrador ainda está sumido. Mauricio mastiga o frango e mergulha as iscas no molho grosso de tanto roux enquanto faz fronc fronc com seus dentes imundos.

Você deveria ir ao dentista, daqui a pouco isso inflama. Penso. Não digo. Mauricio continua a comer. Telefono para o Pipo e pergunto pelas crianças. Estão dormindo. A lua é alta, no céu não há neblina, só estrelas. O mar está calmo e alguns barcos se avizinham. Um deles está cheio de gente jovem. Termino de comer e fico observando. Eu queria ter tido dinheiro naquela época, agora não vale de nada. Tomo duas caipirinhas e já quero morrer por dois dias. Existir é difícil.

Mauricio chega por trás, beija meu cangote e pergunta se eu não quero um drinque. Os homens nunca leem a gente. Nunca entendem a gente. Por isso o nível de sapatão cresceu. Um dia eu me prometi que ia beijar um monte de menina e nunca mais sofreria por homem. Eu era jovem e ingênua. Ainda não havia Mauricio — tinha Felipe, moreninho, sarado, comia todo mundo e largou a bonitinha aqui quando achou outra carne mais macia. Filho da puta. Eu poderia ser lésbica — e continuaria perdendo brinquedinhos.

Mauricio me chupa com vontade. Ele abre minhas pernas e fode com a língua. É difícil encontrar homem que saiba foder com a língua. Mas não foi por isso que engravidei duas vezes. Foi por descuido. Por mim, não engravidava de ninguém. Criança só traz prejuízo. Não que eu não goste dos meus filhos — gosto, amo, morro e cuido, mas...

Tenho medo de perder o Henrique. Ele é muito franzino. Eu digo Você precisa dar porrada nesses vagabundos e ele fica lá me encarando que nem um débil mental, nem parece que saiu daqui. Parece que puxou ao pai.
E qual é o problema?
O pai é um banana.
Você se casou com esse banana.
Eu tenho uma questão com pintos, se você não percebeu.

Me fode.
— Aqui? Assim? A gente tá sem camisinha.
Foda-se, me come agora.
— Querida, eu...
Puta que pariu. É pra isso que eu preciso de um vibrador.

Preciso ser uma mulher que aproveita a melhor parte.
O que é a melhor parte?
Sei lá, pegar umas milhas, ir pra França, tomar uns vinhos no Chile, meditar na Índia.
Se descobrir.
Isso. Me descobrir. Às vezes eu me pergunto se ainda é possível.
Por quê?
Porque eu vou fazer quarenta anos, porra.

— O tigre-de-bengala, também conhecido como tigre-indiano, é um grande felino e uma das seis subespécies de tigre restantes, sendo a segunda maior dentre elas, ficando atrás apenas do tigre siberiano.
Por que você está me dizendo isso?
— Não sei. Li aqui na Wikipedia. Me pediram um animal grandioso pro frila na agência. Achou o que você tava procurando?
Quem te disse que eu estava procurando alguma coisa?
— Você tá aí jogada no chão há duas horas, ficou nervosa enquanto eu te comia e...
E...
— Pra mim isso é procurar.
Não é nada demais.
— Tem certeza?
Absoluta.
— Vem cá.
Mauricio, a gente precisa dar um tempo. Não faz essa cara. Olha essa lua, essa vida. Eu não quero mais perder cinco dias enfiada num barco em Angra dos Reis. É uma coisa que só te dá prazer. Você me chupa direitinho, é gostoso, mas, querido, a gente caiu na rotina há séculos. Há milênios. Você podia ser menos previsível, sabe, eu sinto falta daquele Mauricio que me pegava pelos cabelos e me arrepiava num misto de ultraje com putaria, mas agora você só diz Peguei o barco do Tito e vamos pra Angra no final de semana, e eu concordo porque sou a boa esposa e, sabe, tudo isso é tão terrível, você podia pelo menos ter pego um hotel-fazenda

em Penedo pra gente ficar rindo de quão brega nos tornamos. Às vezes eu só queria isso, Mauricio. Me tornar uma mulher brega.

Você disse isso?
Disse.
E ele?
Ficou em choque. Pegou o carro e voltamos pro Rio. A gente não se falou durante o trajeto. Pelo menos eu escolhi a música. Olha bem pra minha cara de quem vai sacudir o marido e ainda vai ser obrigada a ouvir qualquer lixo que ele escute.
Como é isso de pegar o carro e voltar pro Rio? Ter sua sugestão, sua demanda, tão prontamente acatada.
É incrível.

O vibrador estava no fundo da mala, afinal. Avisei ao Pipo que só buscaria os meninos no dia seguinte. Precisava de um tempo pra mim. Mauricio dormiu na sala. Fiquei sozinha no quarto, mas não quis me masturbar. No dia seguinte, passei no shopping para trocar a blusa que meu futuro-ex-quase-não-sei-deus-me-ajude-marido havia comprado. Preciso de outro número, expliquei à mocinha, virei uma porca. Ela escondeu o riso e foi no estoque buscar outra. Fiquei esperando no caixa e senti um siricotico toureando a espinha. O vibrador estava na bolsa. Não sei por quê. Enfiei numa entradinha lateral e deixei ali. Pedi desculpas à menina e fui correndo pro banheiro. Às onze da manhã é tudo vazio. A rádio tocava jazz — sempre toca jazz no banheiro do shopping. Massageei minha boceta sem penetrar, apenas sentindo, então me fodi com o brinquedo recuperado e me senti não a melhor mulher do mundo, que a autoestima nunca foi boa pra isso, mas talvez a segunda melhor do mundo, um puta tigre-de-bengala de seios grandes prestes a gozar no vaso sanitário do banheiro do shopping enquanto ia trocar uma camisa antes de buscar os filhos no amigo depois de pedir ao marido a separação, tudo isso antes de consultar o analista, a segunda mulher do mundo, o segundo tigre mais poderoso, a mulher-de-bengala com mais quarenta anos pela frente, uma coisa vibrando silenciosa enquanto eu gemia curtinho soltando o ar pelo nariz inspirando pela boca meu deus do céu puta que pariu eu vou g

Você gozou.
Gozei.
No shopping.
É.
Como você se sentiu?
A mulher mais poderosa do mundo.
Não a segunda?
Nunca a segunda. Não sei contigo, mas o orgasmo empodera.

Entendi. Então estamos bem.
Estamos.
Quinta a gente continua.
Quinta eu não venho.
Por quê?
Conheci um cara num aplicativo. Marcamos pra quarta à noite. Eu não podia contar durante a sessão, ia me travar, desculpa. Mas é isso. Inventei uma viagem de trabalho, a Tina vai me acobertar. Eu preciso ser livre, sabe? O cara é uma gracinha, tem quase a minha idade, sem filhos, solteirão. Vai ser bom pra mim. Agora me pergunta aonde a gente vai.
Aonde vocês vão?
Penedo. Hotel-fazenda. Já que decidi manter o casamento, é isso.
Isso o quê?
Eu vou trair o Mauricio.

História real

Raramente me lembro de alguma coisa que não tenha acontecido. Sei que chovia a cântaros porque acordamos com papai correndo de um lado para o outro enquanto gritava que o quintal estava alagado. Saltei da cama antes de meus irmãos e vi as poças de lama espocando no que antes havia sido uma grama fofa e bem cuidada. O carro permanecia no lugar, mas tudo estava diferente, o céu azul transformara-se em uma miríade cinzenta. Era sábado, isso eu também sei, e naquele dia não tivemos como tomar o bonde, nem o ônibus que nos levaria até a Sessão Passatempo, na Cinelândia.

Não lembro como começou. Papai acordava, lia as notícias do dia e, vestindo o terno bem-cortado, nos deixava no bonde. O motorneiro acelerava pelas curvas até um ponto específico de onde saíamos de mãos dadas, meus irmãos e eu, em direção ao Cineac ou ao Metro. Víamos seriados, notícias, desenhos e comíamos pipoca e docinhos. Depois era comum uma ida à Casa Cavé. Mamãe acompanhava de longe, vigiava-nos com os olhos firmes de quem sabia ter criado pessoas responsáveis — mas, como a vida se encarregaria de provar, saber não é poder, então apenas eu sobrevivi: mal saíram da adolescência, meus irmãos inventaram de se meter com guerrilha e outras coisas que exigiriam anos de exílio mundo afora. Eu fiquei aqui. Cuidando da mãe, vendo o pai definhar até virar um sujeito moribundo na cama de hospital, prestando atenção, enfim, na vida que se esvaía como aquela chuvarada se infiltrando por baixo da cidade.

— Hoje ninguém sai — ele disse, a voz de barítono e um rodo na mão. — A lama vai transbordar o rio e vamos ficar ilhados.

A empregada apareceu enxugando as mãos no avental.

— O senhor precisa de alguma ajuda?

Meu pai disse que não havia o que fazer a não ser esperar. O mais provável é que a chuva parasse em algumas horas.

— Minha filha, vem aqui. Observa o quintal. O que você vê?

— Chuva.

— Além da chuva. Na grama.

— Poças.

— Além das poças, minha filha.

— Papai, eu...

— Observe com mais atenção. Está tudo cheio de lama.

— Vai ficar tudo bem. O senhor se preocupa demais. A lama eu ajudo a tirar.

Ele deu um tapinha na minha cabeça como se eu fosse uma idiota.

— Não precisa. Isso é um serviço para homens, minha filha.

E saiu.

Meu irmão quis saber se haveria aula na segunda-feira. Papai disse que o rádio informara que a previsão era de sol escaldante. Tratava-se de uma chuva atípica, não deveríamos nos preocupar.

Passei o dia trancada no quarto, lendo jornais, revistas e livros infantis que mamãe guardava sob a mesinha de cabeceira. A chuva cessou no fim da tarde. Como papai havia previsto, deixou um oceano para ser removido — por isso Breno veio e bateu na porta de casa para saber se nós queríamos ajuda.

Ele era alto, forte e vestia calças com lama grudada na barra. Seu pai era o segurança da região. Naquela época o mundo ainda não sofria da epidemia de violência, mas alguns arruaceiros criaram tanta celeuma pulando muros ao voltar de festas que acharam melhor contratar um vigia para assustá-los. Não que Silas fosse alguém capaz de correr atrás de meninos entupidos de hormônios e gritos, mas a tiracolo trouxe Breno, que vivia de bicicleta e em dias de inspiração subia numa moto velha e barulhenta. Papai não reclamava, sabia que não era culpa dele; tudo que o dinheiro permitia à locomoção era aquele estrupício, dizia, e precisávamos, como bons cristãos, aceitar.

Queria que eu me casasse, precisava manter a reputação da família, mas não com o filho do Silas — principalmente com o filho do Silas. Em certo momento, cheguei até mesmo a acreditar que fossemos irmãos não-declarados. Ele vinha à nossa casa, tomava chá, comia o biscoito amanteigado que mamãe fazia e jogava bola com os meninos. Eu pegava uma revista e observava. Ninguém reclamava, jamais suspeitariam de mim, uma menina bonita, com o mundo à disposição, se interessando pelo filho do Silas — a instituição Filho do Silas.

O excesso de lama, a exemplo dos outros quintais, foi retirado em caminhões. O que restou ficou para secar e virar pedrinhas quebradiças que se enchiam de luz nos dias de banho de mangueira. Éramos católicos, claro, mas jamais pudicos. Eu tomava banho de mangueira com os meninos. Numa dessas, Breno me envolveu pela cintura e depois largou, como quem sinaliza intenções. Não acredito que alguém tenha percebido; se perceberam, ficaram quietos. Éramos católicos, irmãos e sobretudo cúmplices nos pecados: eu acobertava Sérgio e Murilo quando voltavam dos bailinhos, doidos de lança-perfume, e eles me acobertavam quando filhos de vigias passavam a mão na minha cintura.

Falei à mamãe que me sentia estranha. Passei a demorar no banho. Súbito, detestava meu corpo e queria sentir prazer nele. Ela não ficou propriamente horrorizada, mas disse que eu era uma mocinha bonita e deveria valorizar o que Deus havia me dado. Quanto a sentir prazer, os dias passaram e entendi que foi uma questão puramente gramatical. Não queria sentir prazer nele, mas dele. Havia uma diferença. Deixei de reparar nas espinhas e prestei atenção na beleza do que se escondia sob o ventre.

Breno precisava saber disso.

Quando não estava ajudando alguém, estava com o pai. Nos cumprimentávamos respeitosamente, um aceno aqui e ali, mas a mão na cintura permanecia em mim. Numa quinta-feira eu disse que no sábado faria sol e os meninos estavam planejando um banho de mangueira. Seria ótimo se ele pudesse ir.

Silas empurrou-o com a ponta dos dedos.

— Não fica quieto, menino. A moça te fez um convite.

— Meus irmãos — eu disse.

— Que horas?

— Ah, final da manhã. Mamãe falou que apronta o almoço.

— Pode ser.

— Nos vemos, então?

— Claro.

E saiu andando de cabeça baixa, os braços do pai envolvendo-o.

Cheguei em casa e comuniquei aos meninos que Breno viria para um banho de mangueira no sábado.

— Assim — Murilo disse —, do nada?

— Como, do nada?

Sérgio abriu os braços — Você nem perguntou se a gente podia.

— Vão me dizer que viraram senhores ocupadíssimos?

— Não é isso.

— Então o quê? Esbarrei com Silas, ele estava com o filho e convidei-o para vir tomar banho com a gente. Que foi? Decidiram ser católicos agora? A menina não pode mais convidar ninguém?

— Você quer namorar o filho do Silas?

— Murilo, em primeiro lugar ele tem nome, é Breno. Em segundo lugar...
— Ela quer namorar o filho do Silas.
— Breno.
— Puta que pariu.
— Ah, quer saber? Desisto. Estejam aqui no sábado para mais um banho de mangueira, senão aí é que eu beijo ele. Na frente de todo mundo.

Conferi se havia algum furo na mangueira, se estava tudo em ordem. Os meninos se levantaram e nem tomaram café. Foram buscar Breno. Ele permaneceu calado a tarde inteira. Quando foi embora, acenou para mim e embicou com a bicicleta rua acima.
— Afinal — Murilo disse —, essa patacoada toda foi pra quê?
— Parecia uma múmia paralítica — Sérgio riu.
Não respondi. Na manhã seguinte fui até o fim da rua, onde havia uma pequena casa.
— Queria falar com você.
— Aconteceu alguma coisa?
— Eu que pergunto. Ontem te achei estranho, fiquei preocupada.
— Não é nada demais.
— Se quiser conversar...
— Não tem o que conversar. Minha namorada terminou comigo.
— Não sabia que você namorava.

— Ela não é daqui. Nos víamos pouco.
— Ah, sim. E agora?
— Agora nada.
Dei um passo à frente.
— Se quiser dar uma volta na praia qualquer dia desses, me avisa. Só não comenta com os meninos.
Ele ensaiou um sorriso e então murchou de novo.
— Eu te acho incrível e tudo mais, não sei se...
— Não precisamos ter pressa — eu disse. — Você sabe onde me encontrar. Espero que fique tudo bem.
Trocamos um abraço e observei ele entrar cabisbaixo, a moto em silêncio num cantinho junto às hortaliças.

Um dia, voltando da escola, trombei com Silas no bonde. Ele tinha ido à cidade resolver umas coisas e me acompanhou até em casa.
— O Breno falou de você esses dias.
— Ah, é? O que ele disse?
— Que queria te ver.
— Silas...
— Combinem entre vocês. Marquem um cinema ou qualquer coisa do tipo. Vai fazer bem a ele.
— Isso do namoro deve ter sido difícil, tadinho.
— Namoro?
— Ele disse que terminou com a namorada.
Silas sacudiu a cabeça.
— Não diz que eu te falei, mas ele andou se sentindo mal. Fizemos uns exames, o doutor Guilherme, do

72, ajudou, e ele está com um tumor no fígado. Meu pai também teve isso. Parece que há tratamento.

— Eu...

— Não precisa dizer nada, querida. Apenas leve meu filho para dar uma volta, algo assim. Ele gosta de você.

Eu não tinha certeza, mas achei que ali começava a entender a vida. No dia seguinte, convidei-o para uma ida à praia.

Fomos de moto. Naquela época as ruas não eram asfaltadas e os pneus fazendo tec-tec-tec assustavam, porém ele fez de tudo para que eu me sentisse segura. Andamos descalços pela faixa de areia e deixei que me conduzisse. Quando chegamos ao fim da praia, subimos até a igrejinha vazia. Ele rezou uma Ave-Maria e eu observei, aflita.

Depois, se aproximou em passos lentos e, tímido, me beijou.

Breno ficou impossibilitado de beber para o resto da vida. Nosso caso durou tempo suficiente para percebermos que eu não queria ficar com alguém que me segurava com força quando julgava que eu estava fazendo alguma coisa errada.

Hoje sou uma mulher sozinha. Acordo cedo, caminho no Aterro e gosto principalmente dos dias de chuva. Meu último marido dizia que eu era uma mulher viva demais.
— A morte tem medo de você, querida.
— Uma pena. Seríamos boas amigas.
Nos jantares, ele me pedia para contar a história de Breno e como fui tão independente antes dos vinte. Eu sempre soube o que queria. Como pagamento por ter sido criada como uma católica humilde, Deus me concedeu uma memória prodigiosa. Na universidade, meus alunos também diziam isso — A senhora faz as contas rápido demais. Eu lhes respondia que a vida exige tudo rápido demais. Nos últimos meses, uma nostalgia me invadiu e criou ninho por essas entranhas. Procurei Breno no Google. Nada. Nem um vestígio da minha história realíssima. Entre os homônimos com processos, nenhum que pudesse ser ele, o menino que sobreviveu. Mas eu sei que tudo existe porque ainda hoje, quando entro no banho e observo as rugas, sei que ele veio aqui. E raramente me lembro de alguma coisa que não tenha acontecido.

Mais alto que o mundo

UM

Naqueles dias ainda era permitido que os funcionários do clube subissem no trampolim. Edgar segurou firme nos corrimãos enferrujados e galgou os degraus até ver o mundo de cima. Ventava pouco. Sentado em uma cadeira de plástico, tapei o sol com a mão e franzi a testa para enxergar sua figura bronzeada de shortinho amarelo e cabelos esvoaçantes. Ele caminhou pela prancha verde e fez uma mesura. O mundo na piscina parou. Pula, gritaram. Edgar sorriu e encarou seu público. Uma menina se aboletou diante de mim e deu para ver que suas escápulas tremiam. Me ajeitei na cadeira. Edgar deu dois pulinhos na prancha, ganhou altura e, num último salto para a frente, emendou piruetas e rodopios até cair de ponta-cabeça na água cheia de urina.

As meninas aplaudiram e os rapazes adotaram uma expressão neutra, de quem acha que sabe fazer melhor. Edgar saiu na outra ponta da piscina e veio na minha direção.

— No ano passado foi mais bonito — eu disse, e apostei que conseguia fazer melhor. Ele não reagiu. Caminhei até o trampolim e repeti seu ritual: shortinho amarelo do uniforme e um sorriso quando vi o mundo de cima.

Fazia alguns anos que eu passava o verão como animador do clube, entretendo crianças, jovens e mulheres solteiras em busca de companhia, de modo que subir no trampolim e performar acrobacias era parte do pacote. O que diferia aquele ano dos outros era o calor abissal e Martinha terminar comigo cinco dias antes da minha partida. A sensação de asfixia acentuada pelo calor e o término chegou ao pico quando me vi no topo do parque aquático.

Sentado na cadeira, usando meu boné, Edgar sorria.

Fiquei aquecendo com pulinhos, tentando diminuir o nervosismo, mas não tinha jeito. As coisas se aproximavam e então adquiriam distância, meu peito inflando e compactando conforme distribuía a tensão por todo o corpo.

Lá de cima as vozes me chegavam inauditas, pedaços de neblina que, assim como eu, retraíam e expandiam. Vai logo, alguém gritou.

— Anda, Bruno!

Dei um último pulo. Meu corpo ganhou altura e o pé quicou no trampolim. Tomei impulso e fui para a frente, um metro e oitenta e cinco, noventa quilos de músculo, braço colado ao joelho, giro, giro, giro e ventania. Caí num baque duro, a piscina invadindo meus ouvidos, o nariz repelindo a pressão como dava. Senti os pés tocando o fundo e nadei de olhos abertos até a escadinha, evitando saber se alguém tinha aplaudido.

No fim de tarde fui ao vestiário e posicionei minha toalha junto ao chuveiro. Por um segundo, ao arrancar o short amarelo, me senti nojento. Entrei na ducha e fechei os olhos.

Os canos não tinham sido reformados, a água saía em um único jato que golpeava trazendo mais alívio que dor. Nós, os animadores, enxaguávamos o cloro com barrinhas de sabão fornecidas no primeiro dia, um tipo especial que o diretor dizia servir como shampoo e sabonete. No início era difícil, ele permanecia com seus oclinhos de aro de tartaruga inspecionando tudo, tirando pó até da mesa de sinuca, mas com o aumento de hóspedes e o fluxo de caixa a gente ganhava um alívio. Era comum nos organizarmos em grupos, menos por afinidade que por turno. A cada oito horas, as atividades rodavam e precisávamos atravessar o clube para render os colegas. Um sujeito que estivesse na ala Aventura, por exemplo, comandando arvorismo e outras coisas, atravessaria o campo de futebol e se tornaria inspetor da sinuca. As únicas posições que nunca mudavam eram os salva-vidas, por imposição do governo. Segundo o diretor, a rotatividade servia para que todos nos acostumássemos ao espaço em sua plenitude.

Eu estava terminando de me vestir quando Edgar surgiu com uma nota de cinquenta entre os dedos.

— Como você fez aquilo?

— Sei lá, aconteceu.

Plinio estava com ele. Ambos estavam suados, com os uniformes enrolados na cintura. Dei um sorriso tímido,

agradeci os elogios implícitos e meti a nota no bolso. Edgar tirou o short e abriu seu escaninho.
— Vai tocar hoje?
— Não sei, depende.
— Do quê?
— Se eu vou conseguir gastar esse dinheiro.
— Filho da puta — ele riu. — Foi merecido. Use com sabedoria.
— Nos vemos no salão às oito?
— Nove — Plinio disse. — Oito horas só tem criança.
— Tô acordado desde as sete, porra. Tá maluco.
— Oito, nove. Tanto faz — Edgar disse. — O que importa é ir.

Nos despedimos com apertos de mão. Atravessei o pátio coberto de árvores, o piso de cascalho maltratando meus pés, e subi a colina até o alojamento masculino. Ficávamos em pequenos edifícios cheios de beliches, a roupa de cama com o mesmo odor mofado dos anos anteriores. Eu dormia embaixo. Meu companheiro de cama, Lúcio, trabalhava no arvorismo e depois ia comandar o futebol dos adolescentes. No último ano, alguém disse que o tinha flagrado com o diretor num estacionamento às escuras, coisa que não sabíamos ser verdade. De todo modo, eu não me importava. Minha única crítica a Lúcio era o volume de seu ronco.

As crianças corriam de um lado para o outro e os pais faziam fotos para postar nas redes. Nessas festas era permitido que os animadores usassem só o crachá, sem necessidade de uniforme completo. Era uma forma do diretor garantir que ficássemos felizes e trabalhássemos no dia seguinte.

Dei voltas pelo salão, espiando a mata e os postes de luz do lado de fora, até que os adultos começaram a chegar. Às nove, Edgar e Plinio apareceram de blusa florida usando o mesmo perfume horrível. Ficamos os três num canto jogando conversa fora até as dez, momento em que a coisa esquentou. Às onze, passei a pista para outro menino, Djair, e circulei trocando olhares com algumas mulheres. Dancei com duas delas e não recebi propostas para irmos ao quarto ou coisa parecida; muitas queriam apenas companhia, alguém para fazer ciúme numa foto para o marido que havia ficado no Rio. Decidi mijar do lado de fora, onde não haveria fila. Cruzei o salão, desci a rampa até a parte baixa do declive e encontrei um matinho. Estava terminando quando uma voz me chamou.

Fechei a braguilha e olhei na direção da luz. Havia uma silhueta corpulenta e comprida parada sob um ficus.

— Tu que é o Bruno?

— Eu mesmo.

— Vi teu salto, rapaz. Foi muito impressionante. Meu nome é Pedro. Frequento o clube há muitos anos, o Orlandinho é meu amigo. Tu trabalha aqui faz tempo?

— Venho todo verão.

— Que coincidência, eu também.

Enfiei as mãos nos bolsos e fui subindo a rampa. Ele me acompanhou. Na luz dos postes, seu rosto ficava mais nítido: a pele avermelhada tinha brilho e a barriga saltava logo acima da cintura, deixando-o com um aspecto de tio ou coisa parecida. O modo como se referia ao diretor — Orlandinho — até dava vontade de rir, mas os anos testemunhando situações absurdas me fizeram resoluto, alguns diriam estoico — não chorei quando Martinha terminou, tampouco quando meu pai perdeu a luta contra um tumor agressivo.

Acordei no dia seguinte com o telefone tocando junto ao beliche.
— Acorda, Margarida, é pra você.
Esfreguei os olhos ainda com a vaga lembrança de um sonho envolvendo Edgar e seus shorts amarelos. Lúcio estendeu o fone e saiu com seus capacetes e mosquetões.
— Bruno? Te acordei, guri? É Pedro falando. Estou indo fazer um passeio pelas cachoeiras com o Orlandinho e pensamos em levar um de vocês pra nos ajudar com as coisas, a comida, enfim. Tu te anima?
— Que horas isso?
— Daqui a uns quinze minutos.
Catei o relógio do celular e engoli um bocejo.
— Claro. Pode ser, sim.
— Então tá. Passamos aí no alojamento. Fica pronto.

Me acomodei no banco de trás da caminhonete e permaneci mudo enquanto serpenteávamos por uma estrada de terra batida e árvores caídas.
— Isso aqui é lindo — o diretor disse. — Pedro, não acredito que você nunca tinha vindo. E tu, Bruno?

— Nunca. Sempre fico no clube.

— O Bruno é dos antigos, Pedro, mas não se mete com trilha nem nada. Não foi por falta de oferta.

Sem lembrar de proposta nenhuma, me limitei a assentir. Permanecemos em silêncio até virar na última das estradinhas. O carro parou junto a uma pedra cheia de limo e nós descemos sem pressa. Tomando para si as barracas, Pedro me passou o cooler com as bebidas e o diretor ficou encarregado das comidas, revestidas com papel alumínio e enfiadas dentro de um saco plástico. Caminhamos por uma pequena trilha e então chegamos ao paraíso. Do alto de um paredão de vinte metros de altura, a água escorria veloz, como fosse um tecido muito leve que só caberia ali.

Esticamos as cangas numa pedra sem limo e passamos mais repelente. Primeiro deitou o diretor, em seguida, Pedro. Como fiquei por último, peguei o canto com mais sombra, que não era de todo ruim. Desde garoto, a ideia de me queimar parecia ridícula; eu via meus amigos da escola, ou então meu pai, que adorava ficar no sol das duas da tarde, e não entendia como eles conseguiam adotar um modo de vida febril.

Cobri os olhos e deixei o som da natureza me invadir. Apurando os ouvidos, quase conseguia perceber as penugens nas asas dos pássaros, a textura das folhas, o comprimento contínuo da água.

Após o primeiro banho, mastigamos sanduíches e tomamos cerveja. Contei aos dois que estudava economia na faculdade, e só tinha entrado para o clube porque um tio de quem gostava muito havia sido animador nos anos oitenta. Pedro disse que o pai, internado num asilo, fora o primeiro diretor.

— Por que ele está num asilo? — indaguei, e Orlando me fuzilou com seus olhos cinzas.

Pedro explicou que o pai tinha Alzheimer.

— O tratamento, a partir de certo ponto, fica muito difícil. As pessoas acham que o asilo é um abandono. Não é nada disso. Vou todos os dias visitá-lo. É importante manter o vínculo, sabe?

Orlando se pôs de pé e fez uma careta.

— Queridos, deixei meu carregador portátil no carro. Preciso ir lá buscar.

— Quer que eu vá?

— Não precisa, Bruno. Volto já.

Deitei novamente na pedra e fechei os olhos. Fiquei assim por um bocado, até o sol romper o filtro das árvores e transformar minha vista numa brasa escura.

Despertei do transe com Pedro me olhando, a boca cheia de saliva, um volume rígido na coxa. Virei para o lado e fingi que voltava a cochilar.

— Está acordado?

— Mais ou menos — eu disse, olhos fixos na pedra.

— Vira pra mim.

— Por quê?

— Quero falar contigo.

— Estou ouvindo.

Houve um farfalhar e então suas mãos tocaram minha perna.

— Tu é tão bonito.

Não respondi.

— Te vi pulando na piscina e fiquei chocado. Como tu consegue?

— Eu só pulo.

— Quer tentar aqui?

Olhei por cima dos ombros dele, sua mão áspera em cima de mim.

— É raso, vou quebrar o pescoço.

— Vai nada.

— Cadê o diretor?

— Orlandinho foi no carro, tu não ouviu?

— Ouvi, mas tá demorando.

— Ah, vai saber. Mas, ei, estamos juntos, não?

Encarei sua mão — minha virilha.

— Olha, acho que...

— O que foi?

— Preciso ir — eu disse, e tirei a perna.

— O que houve, Bruno?

— Tô passando mal, preciso voltar pro clube.

— Calma, garoto, fica aí.

— Não, sério, tá tudo bem, mas preciso voltar pro clube.

Ele estava sentado na pedra. Batia com a mão de levinho na canga.

— Senta aqui. Vamos ser adultos.

— Eu *estou* sendo adulto.

— Querido...

— Pedro, eu não sei o que você quer comigo, mas eu gosto de mulher.

Ele riu.

— Eu podia ser teu pai, guri. Senta aqui. Como amigos.

Respirei fundo.

— Me conta, você gosta do clube?
— Ah, normal. Já tô acostumado.
Sua mão voltou a encostar minha virilha.
— É bonito, né?
— Muito.
— Estranho eu nunca ter te visto. Mas que bom que temos esse tempinho aqui, esse paraíso.
A mão subiu um pouco mais.
— Te incomodo?
— Pedro...
— Relaxa, garoto.
Em seguida, pôs os dedos sobre meu púbis e pressionou.
— O barulho dos pássaros é muito bonito — disse.
Empurrei-o dando um grito. No susto, apanhei o celular e desci a pedra num salto. Corri pela trilha sem olhar para trás. Bichos me picavam, pássaros zuniam e galhos brotavam do piso como fossem espadas imundas. Cheguei à clareira deserta. O carro não estava ali.
Gritei por Orlando. Ninguém respondeu. Gritei de novo e nada. Corri pela estradinha de terra batida e refiz o caminho, torcendo para não me perder. Andei o máximo que pude. Cansado e puto, cheguei ao clube como que saído de um moinho. Meus ossos doíam, o pé em brasa. Subi até o vestiário sem falar com ninguém.
Foi só de noite, no jantar, que vi o diretor e Pedro surgirem juntos, o último com o braço numa tipoia. Passaram por mim calados e sentaram com Lúcio, que naquela noite dormiu fazendo todo barulho possível.
De manhã, Pedro partiu.

Como não podia me demitir, o diretor tentou me deslocar para o arvorismo e outras atividades que sabia não serem o meu forte. No inverno, soubemos por e-mail que ele havia sido internado após um infarto. Em seu lugar entrou uma mulher chamada Adélia. Só por isso decidi retornar para mais um verão. Comuniquei a Teresa, minha nova namorada, e ela aprovou minha escolha.

Nos primeiros dias, fiquei tranquilo, cobrindo a área da piscina, porém hoje de manhã a recepcionista ligou para o quarto, que agora divido com Plinio, e disse que havia trabalho para mim.

Quando cheguei à portaria, lá estava Pedro com a mulher e os filhos.

DOIS

Chego esbaforido. Lembro de comentar com Teresa sobre o medo que senti de morrer e, depois, de ter matado alguém — por fim o misto de alívio e incompreensão quando ele surgiu acompanhado pelo antigo diretor, Lúcio fazendo barulho na cama. Tudo conspirava para que eu nunca mais tivesse paz. Então o filho da puta partiu, eu disse a Teresa, me deixou pronto para seguir com a vida, um caso isolado, só que não, agora não, agora era Pedro de volta, Pedro e a família e eu tendo que materializá-lo feito um monstro, um fantasma concreto com o braço numa tipoia porque entrou na faca algumas vezes por minha culpa, porque eu o empurrei na cachoeira. Puta que pariu.

Cato minhas coisas e já deixo mais ou menos prontas para o caso de ter que fugir. Cogito escrever para Teresa, dizer que Pedro voltou com a família, que estou apavorado, mas não escrevo, não digo. Fico sentado no beliche durante alguns minutos, vejo o sol lá fora, escuto o barulho das crianças com seus pais.

Edgar não veio esse ano, mas Lúcio segue firme e forte. Cruza comigo quando passo para a piscina e seus olhos me intimidam. Acho que a qualquer momento ele vai pegar esses aparelhos idiotas de montanhismo e jogar em mim, me agredir. Mas hoje só passa reto, calado, os mosquetões ao redor da cintura e capacetes nas mãos.

Entro na piscina e dou uma olhada nas pessoas — mulheres, crianças, idosos. Há poucos homens, o que é um alívio: sem tumulto, posso mapear saídas caso Pedro entre.

Deixo as coisas junto ao salva-vidas e mergulho na piscina. Ajudo um garoto de cinco anos a pular direto na água, seus braços com boias azul-marinho. Ele vê o trampolim e diz que quer subir. Sorrio e nego — só para adultos.

Neste verão, a diretora proibiu que os animadores subissem. Ficou sabendo da minha aposta no ano passado e achou melhor coibir antes que virasse um vício e alguém se machucasse.

O garotinho dá um último pulo nos meus braços e nada até a pequena ilha de concreto no meio da piscina. Pergunto se ele quer saltar de novo e recebo uma negativa.

— Bruno?

Me viro. Sonia abre um sorriso, deixa a bolsa de palha cair ao lado de um guarda-sol.

— Não sabia que você estava por aqui. Pedro disse que ia descansar, ainda não está confiante para dar uns mergulhos. Esse lance do braço foi muito duro.
— Poxa, não sabia. A gente não tem contato com os hóspedes, apesar das redes sociais, enfim.
— Ah, eu imagino. Rapaz, ele ficou obcecado contigo. Disse que queria porque queria te achar. Chegou até a escrever pro Orlandinho, mas parece que ele já estava doente.

Murmuro qualquer coisa e saio de perto mantendo a calma. Rendo o colega na cama elástica. Não quero ficar tomando conta de crianças caindo, mas sei que por aqui Pedro e os filhos não vão aparecer. Calculo que os meninos tenham doze anos. São bonitos, parecem com a mãe, exalam um ar de superioridade que só os filhos dos filhos da puta sabem ter. Imagino ambos pulando aqui, como essa menina vestindo rosa, e visualizo seus braços empurrando-a para longe, querendo ter todo o espaço para si. Também odeio os filhos dos filhos da puta.

A menina se cansa e logo fico só. Quando o calor diminui, tudo ganha um brilho oco. Tranco o parquinho com cadeado e volto para o alojamento. Vou com Plinio até o salão, onde as pessoas dançam e vibram ao som de qualquer popzinho chocho.

Em seguida, durmo intranquilo.

Pedro aparece na piscina. Está só. Quando me distraio, surge ao meu lado na água e deixa que eu enxergue a cicatriz que se estende por todo o ombro.

— Tu fodeu comigo, guri.

— Você mereceu.

Ele ri e se afasta nadando cachorrinho até a ilha, onde deita de barriga para cima. Não o vejo por dois dias. No sábado, antes da grande festa do fim de semana, a diretora me pede para conferir se todos os quartos estão com sensor de luz funcionando.

— O moço do 06 está com problemas, você pode olhar?

Pedro está no 08, que fica no bloco seguinte. O último quarto que inspeciono é justamente o seu. Faço diversos movimentos e a luz não acende. Ao me afastar, o sensor pisca e, alívio, surge um brilho leitoso que se estende pela vila.

— Ei! Bruno!

Sonia está na janela, acenando com uma toalha na cabeça.

— Vem cá, querido.

Refaço o caminho me sentindo o cara mais triste do mundo. Ela surge na batente de olhos pintados, a toalha pendurada no braço direito. Abre a porta e me deixa ver o interior do quarto — Pedro dormindo, os filhos no beliche.

— Em que posso ajudar?

— Ele está péssimo.

— O que aconteceu?

— Insolação, não sei. Amanhã melhora. Vou levar os meninos para dançar um pouco, assim a gente não perde o fim de semana. Daí que eu preciso de um favorzinho.

— No que puder ajudar...

— Meu marido precisa tomar remédio daqui a uma hora. Como já estou de saída e acho que ele está muito chumbado, é bem possível que não acorde.
Ela pega uma bolsa de couro e me estende cinco notas.
— Por tudo.
Guardo o dinheiro no bolso da calça.
— O comprimido está naquele vidro junto à cama. Você pega um, dá pra ele tomar e deixa a chave na recepção.

Me pergunto quanto tempo levará até ele me ver aqui. Ando pelo quarto, sento no beliche, inspeciono as quinquilharias dos filhos. Suas mochilas estão cheias de bugigangas de histórias em quadrinhos e animes, além de pequenos livros de colorir. Um objeto na mochila do mais velho me atiça a curiosidade. Tento resgatá-lo do fundo e ele vem fazendo barulho, cheio de efeitos. Um videogame. Aperto seus botões para que o som desapareça, mas falho. Na cama, Pedro rola e pergunta, gutural, pelo seu amorzinho. Controlo o riso. Aperto mais uma vez os botões até o bicho desligar.
— Sonia?
Hesito. Pedro se ajeita e volta a dormir. Suspiro aliviado e levanto do beliche, pé ante pé, decidido a não dar remédio nenhum. Ele que se foda. Já na porta, contudo, há um problema: não sei que tipo de remédio é esse. Pode ser que seja pela cirurgia, mas também pode ser que seja para o coração, o fígado ou qualquer coisa imprescindível. Não quero matar Pedro, tampouco quero ser útil.

Aproveito que ele dorme um sono pesado, gorduroso, e apanho o frasco. Derramo um comprimido na mão e olho contra a luz — branco, rígido. Com o celular, checo a bula na internet. Decido cutucá-lo.

Ele rosna, respira fundo. Pego o copo d'água na mesinha, ao lado do frasco, e derramo no seu rosto. Ele desperta num berro.

— Seu remédio. Sonia pediu.

Pedro me escaneia de cima a baixo. Vira o comprimido num único gole e se deita.

— O que tu fez comigo, guri? Essa doença, essa coisa horrível.

— Pedro, eu não fiz nada.

— Que nem da última vez?

— Você tentou me estuprar.

Ele sorri com o canto da boca.

— Não foi isso.

— Até onde eu sei, pular sobre alguém é exatamente isso. E não tinha carro nenhum. Orlando nunca foi pegar o carregador.

— Não vamos falar dos mortos.

— Vamos sim. Vamos porque vocês dois são uns filhos da puta e armaram pra me foder.

— Eu me apaixonei. O amor...

— Foda-se o amor, caralho. Você é doente.

— Porque eu gosto de meninos?

— Porque você mesmo disse que podia ser meu pai.

— Eu estava brincando.

— O caralho que tava. O caralho. Eu vou embora — digo, e enfio o dedo na cara dele. — Vou embora e espero nunca mais ter que ver esse seu rosto imundo na minha frente. Espero que sua esposa também pare de me pedir favores. Eu trabalho pro clube, não pra vocês. Me recuso. Seu filho da puta.

Ele fica me olhando com os olhos esbugalhados, fraco demais para manifestar qualquer reação. Deixo o quarto e caminho no escuro até o alojamento. No dia seguinte, descubro na secretaria que eles vão embora dentro de dois dias.

Quando me vê, Sonia passa reto. Me pergunto se sabia ou Pedro inventou algo. Escrevo para Teresa, digo que estou com saudades. Ela me manda uma foto deitada na cama, já vai dormir porque dá aula de manhã.

Quero minha vida, penso enquanto caminho na direção da piscina. Quero a simplicidade da minha vida, não aguento mais essa gente, esse clube. Relembro Martinha, os primeiros verões aqui, a adrenalina.

Pulo o portão do parque aquático e caminho até o trampolim. Abro um sorriso quando chego ao topo depois de um ano. Nunca tinha estado aqui de noite, com o clube piscando suas luzes e o Rio de Janeiro lá embaixo, brilhando.

Sento na ponta, encaro a piscina fixa no chão, a lua desenhando um mosaico partido sobre a água. Deito com as pernas para fora e constato que ainda consigo me sentir mais alto que o mundo.

Então fecho os olhos — o sangue sumindo — e fico.

As torres

Quando as torres caíram, ele estava parado em um bar. Tinha saído do dentista e mal sentia a gengiva costurada. Havia passado a semana se preparando para ficar fora das gravações, ordens médicas, e agora era o mundo que parecia se retrair, sumindo devagar na penumbra. Ninguém pediu autógrafo, nem uma alma se interessou pela figura catatônica, justamente porque estavam todos assombrados diante dos chuviscos em dezoito polegadas, a tela curva como um avião que rasga um prédio e explode.

Quatrocentos metros, ele pensou. Lembrava das notícias sobre a construção, a agonia quando viu a maçã de cima, outros aviões ao longe, pessoas se equilibrando no mirante e enfiando os olhos no binóculo. Um arrepio trespassou a espinha. Não restaria muita coisa. Não poderia restar muita coisa.

Um homem pulou. Gritaram. Um ruído absoluto travou a cidade na mesma voltagem com que desapareceu — o suficiente para ele se voltar para o topo do mundo. Estivera lá. Poderia estar lá, a nuvem de poeira como um tsunami.

Outro sujeito caiu. As torres vieram abaixo.

Ele deu meia-volta, fez sinal para um táxi e tomou o caminho de casa.

De frente para o caixão, sem saber o que fazer, achou melhor fingir. Um suicídio é sempre uma coisa terrível, e mais terrível ainda é lidar com a dor de quem fica. A viúva, por exemplo. Não tivesse pedido a separação, poderia estar num hotel em Fernando de Noronha, ou comprando livros em Paris. Mas não. Tinha saído do apart-hotel decidida a nunca mais voltar.

Agora estava ali. Frágil. Vítima. Recebendo abraços, chorando compulsivamente sem entender onde tinha errado. Ele se afastou e observou de longe. Não tinha sangue frio o suficiente para absorver aquilo — um doutor respeitado chega em casa, desliga o carro, deixa a pasta sobre a escrivaninha, liga a TV no canal do boi e pendura uma corda no banheiro. Alice está no pilates e sequer desconfia. Encontra o marido girando feito um porco abatido, a pele roxa e dura, olhos esbugalhados, pescoço partido. Ele imagina tudo.

— Você veio.
Marina.
— Vim.
— Que coragem.
Ele tosse.
— Desculpa, não quis ser grossa. Como você está?
— Cadê seu marido?
— O tempo passa e você continua cínico.
— Como é que ela tá?

Marina encara a irmã chorando ao longe.
— Vai ficar assim por um bom tempo. Por que você veio?
— O anúncio no jornal.
— Por que não demonstrar que ainda posso ser uma boa pessoa pra minha ex-mulher e minha ex-amante...
— Não é tão simples.
— Nunca é tão simples na vida de Beto.
— A gente cultiva umas ilusões meio bobas, né? Olha isso. O tempo passa, a gente briga e termina aqui.
— No cemitério.
— E agora, vai fazer o quê?
— Cuidar da minha irmã, seu escrotinho.

Avisaram que o século, o milênio, enfim, tinha começado. Marina telefonou.
— Você viu?
— Uhum.
— Beto, você tá bem?
— Acabei de sair do dentista.
— Queria te ver. Passo aí?
— Traz sorvete.
Ela levou dois sabores e uma mala de mão com vestidos.
— As torres, Beto. Que terrível isso tudo. Não é horrível? A gente acorda e, bum, não é mais esse mundo.
— Marina.
— Quê?
— Fica quieta.

— Começou. Vou passar o fim de semana aqui, tudo bem? Acho uma boa oportunidade pra gente ficar junto.
Ele não reagiu.
— É assim que você me trata?
— Sua irmã...
— Deixa minha irmã pra lá, porra. Ela tá namorando, sabia? O cara é médico, rico, super bem de vida. Ginecologista. Por que você tá rindo?
— Nada.
— Que bela forma de esconder seus ciúmes, querido.
— Marina, por que eu teria ciúme de um ginecologista rico?
— Porque você pode pegar todo mundo com as câmeras ligadas, mas jamais vai poder pegar na xoxota de todas elas. Você pensa que eu não sei? Eu sei de tudo, querido. Vocês homens não estão nem aí. O que importa é...
Ele arregalou os olhos. Na TV a reprise do homem caindo, a gravata puxando-o rumo ao entulho.
— Preciso te contar uma coisa. Vou largar tudo e virar empresário.
— Beto, você não administrou nem o seu casamento, largou ela pra ficar comigo e foi substituído por um ginecologista. Você devia era me escutar mais vezes.

A areia está fria, mas ele não se importa. Poucas coisas são importantes depois de um suicídio e a imagem da sua ex-mulher vendo o atual marido com o pescoço partido no banheiro de casa. Tenta imaginar a decoração:

vidros de perfume dispostos aleatoriamente numa bancada de mármore verde-musgo, pente e chapinha de babyliss com espumas de barbear e giletes cor de rosa. O ginecologista seria o tipo de sujeitinho que finalizaria com loção ou deixaria os poros livres?

Marina deita em seu ombro.

— Lembrei da primeira vez que nós viemos aqui.

— Foi mais pra lá, perto do Leme. Um frio da porra.

Ela se joga para trás, os cotovelos apoiados na areia dura.

— Eu era ingênua, estava apavorada de ser vista contigo, um ator de novela, no meio da praia de Copacabana.

— O sofrimento da mulher temporã.

— Não fala assim.

Ele não consegue se conter e pergunta se ela viu o corpo.

— Beto.

— Diga.

— As torres caíram, querido. Ontem fez dezessete anos.

— E daí?

— Você tinha operado a gengiva, lembra? Naquele dia eu fui ao teu apartamento pra dar uma notícia. Desculpa te dizer isso, mas eu não estava preocupada com seu estado de saúde, tampouco com o atentado. Eu estava grávida e pretendia ter o bebê.

Ele se levanta.

— Você o quê?

Ela se encolhe.

— Eu tinha acabado de descobrir. Foi tudo muito rápido. Só queria te ver e dar uma boa notícia, mas aí...

— Me deixa dormir.
— Eu preciso falar contigo.
— Quando eu acordar. Tô com dor.
Ela sentou na beira da cama e tirou o volume da TV. Na sala, telefonou para o médico e marcou uma consulta. Estava ansiosa, quase aflita. Bastava que ele a amasse — não como a irmã, nunca como a irmã, mas talvez um tiquinho além do que já fazia: ser mais carinhoso, passar o texto depois das gravações, coisa que ela poderia ajudar, ser a interlocutora, será que o filho também seria interlocutor, será que todo mundo iria fazer um grande escândalo ou aceitariam como mais uma loucura do showbiz tupiniquim? Não, pensou. Seduzir o marido da irmã não foi escolha sua, a gente nunca sabe o que vai nos fazer tremer, verdade seja dita, de modo que não tinha culpa — se havia um resultado naquela equação, Alice e noves fora, era o filho na barriga. O resto dava-se um jeito.

Ele surgiu na sala enquanto ela assistia ao jornal. Tinha uma bolsa de gelo na bochecha.

— Precisamos conversar.
— Sim. Eu tenho uma coisa pra te dizer.
— Marina, você não pode ficar aqui. Eu preciso ficar sozinho. Pensei bem e acho que é melhor dar um tempo.
— Roberto...
— Vai embora.

Ele não se conforma, quer acreditar que é uma mentira, que ela está mentindo — como a irmã mentiu.
— Eu queria ter o filho. Até que você me dispensou.
— E aí não quis mais.
— Não.
Ele abre os braços, incrédulo.
— Porra, Marina, por quê? Meu deus, por quê?
— Já não fazia sentido.
Ele chuta a areia.
— Como não fazia sentido? Ficou maluca? Um filho, caramba.
— Com uma pessoa que não me queria. Porra, Beto, sejamos adultos. Honestos.
Súbito, ele fica sério. Grita com raiva. Ela abaixa a cabeça, envergonhada. Se esconde dentro do próprio vestido, morde a gola, sente o choro vindo. Não liga.
— Eu ia fazer o quê, caralho, te implorar pra vir? Dizer fica aqui comigo, meu amor, vamos ser felizes juntos? Não. Eu te poupei. Eu te amava e te poupei. E agora tenho uma família que me ama.
Ele sabe que não adianta buscar desculpas dezessete anos depois, mas ainda assim se justifica. Diz que estava dopado.
— Por isso mesmo. A gente fica mais honesto depois de sair do dentista.
— As torres tinham caído, Marina.
— Que se danem as torres, eu tô falando da nossa relação. Além do mais, ia ser o quê? Você se separando porque engravidou a irmã mais nova da sua ex-mulher?
— Não é nada disso.

— Mas as pessoas não iam querer saber, né? O que ia vender mais revista? O casal adúltero na capa da *Caras*, eu pagando de Demi Moore, ou uma montagem ridícula expondo os falsos bastidores de uma separação que nunca envolveu crianças?

Ela enxuga as lágrimas. Tenta se aproximar, mas ele rejeita.

— Beto, você fez a coisa certa. Hoje eu tenho meus filhos e somos felizes. Você também vai ser.

— O que você fez depois?

— Procurei uma clínica.

— Doeu?

— Na hora, não.

— Marina, me desculpa.

— Eu não vim aqui pra ter essa conversa. De verdade. Só queria ficar contigo na praia, ver os navios e depois ir embora, voltar pra minha vida.

— Isso ainda é possível?

— Claro que sim.

— Depois de tudo você ainda acredita que é possível voltarmos às nossas vidas e sermos nós mesmos?

Ela confirma sacudindo a cabeça, sorridente.

— E se eu não conseguir?

— Aí você faz que nem o ginecologista: trepa num banquinho e se vira. Agora levanta, vamos embora, tá muito frio.

Formigas no paraíso

Lá fora faz um frio difuso e Joana acabou de voltar da rua, por isso luta para manter as mangas suspensas no braço fino. Quando Luiz chega por trás e lhe dá um beijo no pescoço ela está usando calça bege e suéter. Amália está na escola, foi de manhã cedo com a babá e só volta de tarde. Luiz ignora a vista nublada. Propõe que eles partam para Búzios no próximo feriado.
Bate uma brisa. Joana se levanta para fechar a janela.
— Fazer o quê em Búzios?
— Pegar uma praia. Descansar. Deixar as meninas felizes.
— O feriado todo?
— Acho que sim.
— Odete vai?
Ele se aproxima e toma as mãos dela entre as suas.
— Não precisa, a gente consegue.

A viagem é planejada nos mínimos — e acelerados — detalhes. Odete fica dispensada para aproveitar a família, Joana passa dois dias ligando para pousadas-boutique perto da rua das Pedras e ele, Luiz, trabalha como se nada estivesse para acontecer. De vez em quando, a filha mais velha bate na porta do escritório para pegar dinheiro. Ele se levanta, dá um beijo na testa dela e diz Como você é linda.

Na véspera da viagem, marcada para as seis da manhã do dia seguinte, Roberta inventou de sair e se despede dos pais quando estão na sala vendo televisão.

— Tô bonita?

— Linda — a mãe diz. Luiz concorda. Nenhuma das duas percebem que ele estremece de modo sutil, como se invadido por uma sensação indomável: Roberta não usa sutiã, e ele não pode se furtar a perceber os mamilos espetando o tecido. É a primeira vez que se sente um velho nojento. Depois que o filme acaba, Joana insiste em transar, mas ele alega dor de cabeça. Pede desculpas, levanta e vai até o quarto da caçula. Amália está dormindo.

Sozinho no escuro, Luiz imagina se algum dia também vai gostar daquelas duas penumbras rosadas.

O calor nesse início de feriado beira a claustrofobia. A cinquenta quilômetros de Búzios, Amália pergunta se pode fazer xixi. Joana termina de beber água e espera o marido ajudar a filha que, agachada num matinho, urina sobre um formigueiro.

— Papai, eu estou matando as formigas?

— Algumas.

— Elas estão se afogando?

— De certa forma, sim. Termina logo.

— Elas vão pro céu?

— Não existe céu pra formiga.
Um ônibus passa levantando poeira e o ar seco atinge Joana. Ela sai do carro.
— O que acontece com as formigas?
— As formigas vão pro inferno. Já acabou?
Amália puxa a saia. Joana volta para o banco do carona, muda. Luiz pisa no acelerador e abre a janela. Um vento fresco enche o carro. As duas filhas dormem ombro a ombro.
— Você disse a ela que as formigas vão para o inferno?
— Qual o problema?
— Ela tem cinco anos, Luiz.
— E daí? É bom que se acostuma. Pelo amor de Deus, você quer que eu diga à minha filha que as formigas vão pro céu?
— Lógico.
— Mas não vão.
— Como você sabe?
— Porque é uma questão simples: ir para o céu significa ir ao paraíso. Não acredito em ninguém que coloque formigas na sua visão de paraíso.

A pousada-boutique tem nome de pedra mística e fica a duas quadras da principal praia de Búzios. Alegando cansaço, Luiz explica que vai ficar descansando neste primeiro dia e que depois as encontra para jantar. Joana não discute. Ainda acha que o marido foi insensível. Durante o passeio, explica a Amália que as formigas podem sim ir ao paraíso.

A tarde começa a cair quando decidem retornar ao hotel. Luiz vê da janela a mulher e as filhas se aproximando pelo caminho de cascalho e diz a Catarina para se encontrarem no dia seguinte, depois da trilha que irão fazer, ele e a família. Quando as meninas chegam, está deitado na cama, o ar-condicionado ligado, fingindo que estava cochilando.

É um jantar beneficente. Vão leiloar dois barcos. Joana mastiga canapés de salmão com a culpa de quem deixou a filha com a babá. Enquanto o evento não começa, todo mundo confraterniza à beira da piscina. Ela se pergunta se não seria o caso de alguém mergulhar para dar um pouco de emoção à festa. A única pessoa que conhece ali, seu marido, está trabalhando. Luiz corre de um lado para o outro apertando mãos e sorrindo para figuras em paletós bem cortados. Quando se esbarram, num raro momento em que ele conseguiu cravar os pés no chão, ela diz Querido, vou para casa, Amália está sozinha com a Odete e eu não vou ficar te atrapalhando.
Se despedem com um beijo. Ele aguarda o táxi vir e só então procura Catarina. Se conheceram dias antes, durante um *boat show*, também com auditoria do escritório. Ela estava de biquíni vermelho sobre uma lancha de quinze pés, um grupo de japoneses encarando seus peitos e o vinco da vulva no tecido, quando ele se aproximou e disse que Tolentino estava chamando no escritório.
Ela era modelo e descobrira há algum tempo o mundo da prostituição de luxo, cujo maior diferencial era a

possibilidade de prostituir a companhia, não a genitália. Fazia alguns meses, estava instalada em um flat no Leblon às custas de um homem recém-divorciado que conheceu num coquetel no Copacabana Palace. Nada de sexo, só companhia. Por acaso, esse homem era chefe de Luiz.

A trilha dá acesso a uma praia deserta. O guia instrui a família a não pisar fora da areia. Há uma pequena relva nas margens e as flores vibrantes atiçam Amália. No mar, Roberta acaba se queimando numa água-viva. O guia diz que, chegando ao hotel, é só passar remédio e lavar bem. Luiz se irrita. Carrega a filha no colo porque Roberta não consegue andar sem deixar cair um fio de lágrima.

Ao chegar no quarto ela tira a roupa e entra no chuveiro sem se importar com o olhar do pai. Luiz deita na cama e pensa no que viu — o piercing.

Catarina espera numa transversal. Está de saída de praia azul e usa um chapéu de palha sobre os cabelos loiros.

— Tira isso — ele diz.

— Não gostou? É pra imitar essas velhas ricas que vêm pra Búzios desfilar como se fossem a Brigitte.

— É horrível, faz você parecer uma bruxa.

— Você ouviu alguma palavra do que eu disse?

Ele dá um beijo rápido naquela boca carnuda e explica que ela não precisa fingir, muito menos disfarçar que é Brigitte nenhuma.

— Você tá nervoso?
— É o calor.
— Se quiser, eu vou embora, não tem problema.
— Ah, sim, claro, e aí eu não aproveito a suíte que reservei.
— Gato, você tá aqui com a família, não vai aproveitar suíte nenhuma, no máximo a hidromassagem.
— Tem hidromassagem?
— Claro que tem hidromassagem. Você achou que eu ia me hospedar em Búzios sem hidromassagem? Tem hidromassagem, uma piscina linda e uma vista ótima. É perfeito. Eu posso ser jovem, mas não sou burra. Vem que eu vou te mostrar.

Contornam uma pracinha cheia de arbustos, cachorros inspecionam as plantas e sujeitos magricelas vendem pipoca. Súbito, feito um cavalo furioso, Luiz estaca.
— Que foi?
— Você estava me seguindo?
— Ficou maluco?
— Catarina...
— Que foi, homem?
— Me diz que você não reservou aquele hotel.
— O da esquina? É um dos melhores.
— Catarina, eu tô hospedado ali com a família.
— Você tá zoando.
— Queria estar.

Eles se abraçam.
— Amor?

Joana. Está cheia de compras. Ele se antecipa e ajuda com as sacolas.

— Meu bem, essa aqui é a Giovana, amiga do Tolentino.
Joana dá um beijinho desajeitado na bochecha de Catarina.
— Prazer.
— Que coincidência, Búzios virou um ovo.
— Quando chegam os argentinos é pior — Joana brinca. — O Luiz odeia argentino, não é, amor?
Catarina dá um passo para trás.
— Vou deixar vocês irem, essas sacolas devem estar pesadas. Tchau, Luiz, a gente se fala. Dá um beijo no Tolentino por mim, diz que a Giovana aproveitou a banheira.
— Pode deixar.
Joana dá tchauzinho com a mão presa por cinco alças.
— Ela é puta?
— Sei lá, vi uma ou duas vezes.
— E tá com essa intimidade toda?
— Foram eventos difíceis. Por que você acha que ela é puta?
— A Giovana aproveitou a banheira? Isso pra mim é frase de puta, e você conhece bem o Tolentino.
— Conheço o profissional, não o pessoal.
— Não mete essa — Joana ri enquanto pisa no cascalho. Ele não responde. Fica pensando na fatura do cartão que ela não sabe que existe, o cartão que ele mandou fazer para Catarina usar. À noite, andando pela rua das Pedras, vendo todo mundo de mãos dadas no reflexo de uma vitrine, Joana diz que é muito bom ter uma família feliz.

Um pouco de sangue

Ela só havia percebido os cupins meia-hora antes, mais ou menos quando o último cliente chegou. Era um homem alto, ligeiramente afeminado, e vestia um terno esquisito. Dercy estendeu o braço na direção do sofá amarelo e deixou que ele se sentasse. Em seguida pediu licença e foi até o quartinho onde Kelly acabava de se arrumar.

— O rapaz chegou.
— E aí?
— Podia ser melhor. Aposto dez reais que o pau dele é bonito.
— Por quê?
— Não sei. O camarada é jovem, chuto uns trinta e cinco, e tá comendo puta de trezentos reais a hora com um terno mal cortado. Já é humilhação suficiente da vida.

Kelly interrompeu o delineado e sorriu.

— Só dez reais?
— Vinte. Agora chega. Vai, chérie, vai que as musas não esperam.
— Os musos.
— Esse daí é musa, mesmo.

Kelly terminou de se maquiar, conferiu o rosto no pequeno espelho em cima da penteadeira e pediu que Dercy lhe desejasse boa sorte.

— Você não precisa disso.
— E se ele quiser comer meu cu?
— Diz que tá interditado.
— Mas...
— Vai.

Quando ela bateu a porta da suíte, Dercy voltou à sala e ajoelhou no chão acarpetado. Com o nariz próximo ao tecido era mais fácil distinguir o cheiro estranho, como se houvessem despejado água sanitária debaixo do sofá. Tapou o nariz e iluminou com o celular. Os cupins estavam espalhados feito estrelas por cima dos tacos. Ela ficou de pé e conferiu as horas — quase sete. Nenhuma firma de dedetização iria até um pardieiro daqueles antes do dia seguinte. Era preciso esperar.

Os gritos de Kelly interromperam seu raciocínio. Como sempre fazia, correu até a porta da suíte. Uma merda, pensou, já se lembrando do código: três vezes Deus: uma merda; isso, isso, isso, isso: muito bom; vai, fode sua putinha, vai, isso, cachorro: meia-boca.

Sentou no sofá e ficou esperando. Distinguiu os primeiros atletas da noite e os táxis vindo de Ipanema, a ambulância que costurava o caminho por entre caminhões, o ônibus para Botafogo terminando de fazer seu retorno. A suíte se abriu e o homem surgiu ajeitando o paletó. Boa noite, disse, e fechou a porta.

Dercy olhou para Kelly suando em bicas.
— O ar pifou. Ele ficou neurótico e deu no pé.
— Por causa do ar?
— Ele é viado, Dercy, não sabe como é?

— Nem fez uma mise-en-scéne? Confessou na hora?

— Meteu um papinho sobre depressão, pânico de sair de casa, disse que não aguentava mais ficar sem dar o cu porque os gays agora tudo tiram a camisinha, um lance sobre vitamina, sei lá, não entendi muito bem. Aí veio, pediu pra eu comer o cu e o ar pifou. Você me deve vinte reais.

— Ruim?

— Horrível. Parecia um gancho, não sei explicar.

— Um gancho?

— É, uma coisa horrível, meio torta.

— Todo pau é torto.

— Esse era muito. Ainda bem que é passivo, nossa, senão ia enganchar os caras, imagina que uó. E tu? Tá fazendo o quê aí jogada com álcool? Vai incendiar minha casa não, né, Dercy?

— Primeiro que a casa não é sua...

— Eu moro aqui.

— ... segundo que aí embaixo tá cheio de cupim. Amanhã de manhã vou ligar pra dedetizadora.

— O piso é de carpete.

— E por baixo é madeira. O sofá esconde porque seu amiguinho ficou sem dinheiro pra bancar a reforma.

— Não fala assim, ele deu tudo que podia.

Dercy ficou de pé.

— Vai tomar um banho e lavar esse cabelo, menina, tá um nojo. Aproveita e deixa o dinheiro no aparador.

— Vai sair?

— Preciso fazer umas tarefas.

— Vê se não chega tarde.

— Pode deixar, benzinho, eu sei me cuidar. Agora vai tomar esse banho que eu tô sentindo o cheiro de piroca daqui.

O chuveiro só tinha duas temperaturas — quente e fervendo. Horácio de fato não bancara toda a reforma, mas ela achava que já tinha sido o suficiente gastar uma baba em carpete e pintura, de modo que o chuveiro poderia esperar.
Se arrumando, pensou em William. Aquele apartamento era melhor do que a espelunca onde ele a obrigara a trabalhar durante anos. Cupins eram do jogo, importava ter consciência da sorte de encontrar um homem como Horácio. Um homem íntegro, bonito, nem velho nem jovem, e com carro — algo imprescindível numa cidade como o Rio de Janeiro.
— Eu sou uma princesa — ela tinha dito para justificar o dossel. — E exijo ser tratada como uma.
— Mês que vem eu pego o carro novo, vou te fazer uma rainha.
— E sua mulher? Tu disse que ela marca em cima.
— Sheila não faz nada, nem desconfia.
— Eu não vou ser a outra.
— Vai ser a única.
— Vocês todos dizem isso. São todos iguais. Canalhas.
Não perguntava sobre Sheila e ele não se metia nos assuntos pessoais, o que incluía clientes e a quantidade de vezes que ela performava durante uma tarde.

A única regra, estabelecida de comum acordo, foi que às oito da noite o expediente teria de acabar.

Pouco depois das nove, a campainha tocou.

— Quem é?

— Eu, porra.

— Tem certeza que não quer fazer uma chave? Sempre acho meio ridículo esse esquema de ficar abrindo a porta pra tu bancar o rei.

— O rei e a casa. E aí, princesa, como foi?

— Tranquilo. O último cara era uma bicha que queria dar o cu. Disse que tava com depressão, essas coisas, e sentia falta.

— O filho da dona Carmen também tem. Sempre escuto eles dois conversando, é uma coisa difícil, parece. E acho que o cara tá se separando da esposa, um negócio desses.

— Difícil o caralho, Horácio, essa porra é doença de rico. Vê a Dercy: trinta anos nas ruas, indo daqui pra lá, de lá pra puta que pariu, travesti, pergunta se ficou deprimida. Isso é coisa de quem não tem muito o que fazer e aí acaba com a cabeça cheia de merda.

Beijaram-se lentamente, mas ela tinha alguma pressa: seria a primeira vez que faria amor depois de um dia cheio de homens aflitos ou brochas. Estava pronta para sentar quando um barulho estalou o móvel.

— Que porra é essa? Atende logo.

— Ah, não, depois.

— Atende essa merda, Horácio, para de drama, senão vai ficar tocando. Mas se for tua mulher você pode ir embora que eu não quero nem saber.

O carro tinha cheiro de hortelã. Num sinal fechado, ele pegou o aromatizador de plástico e guardou no porta-luvas. Não foi preciso ligar o pisca-alerta. Carmen abriu a porta e foi se esparramando no banco de trás.

— Musiquinha, dona Carmen?
— Silêncio, Horácio.
— Claro. Vamos para casa?
— Não.
— Pra onde, dona Carmen?
— Pro Recreio.
— Recreio?
— Muito trânsito?
— Não, não. Vamos lá, dona Carmen. A senhora é quem manda. Algum lugar específico ou só Recreio?
— Só Recreio.

O nó do trânsito ainda não tinha começado a se desfazer. Seria um longo caminho até a última fronteira da zona oeste. Percebendo que não conseguiria voltar a tempo, mandou mensagem para Kelly. *Deu ruim. Explico dps. Te amo.*

— Tudo certo, Horácio?
— Tudo, dona Carmen. Estava avisando à Sheila que não vou conseguir chegar a tempo pro jantar.
— Desculpa por isso, eu vou te recompensar no final do mês.

Ele a encarou pelo retrovisor.

— Tranquilo, dona Carmen. Se preocupa, não.
— Faço questão, querido. Sou uma mulher ética.
— Com certeza.
— Você sabe o que é ética?

— Vixe, aprendi isso há muito tempo, na escola. Mas é uma pessoa boa, né, tipo Jesus Cristo.

O carro foi inundado por uma gargalhada.

— Jesus Cristo é um ótimo exemplo de ética. Você também, Horácio.

— Que isso, dona Carmen, eu não, senhora. Quem sou eu perto de Nosso Senhor Jesus Cristo?

— Um homem bom, Horácio. Todos os homens éticos são bons.

— Se a senhora diz...

— Estou afirmando.

Ele guiou em silêncio. Chegando à Barra, ela despertou do sono.

— Horácio?

— Senhora.

— Você já traiu?

— Perdão?

— Ah, pelo amor de Deus, me chama de Carmen. Ou você. Me chama de você.

— Perdão, eu...

— Você já traiu?

— Não.

— Nunca? Não mente pra mim, meu avô vivia no subúrbio, eu sei como são as coisas por lá.

— Olha, traição a gente evita porque se o vizinho souber, danou-se.

— Ético até o fim, Horácio?

— Ah, eu... tá, nem tanto assim. Já dei meus pulinhos, dona Carmen, mas isso foi há muito tempo.

— Muito tempo quanto?

— Com todo o respeito, a senhora me desculpa mesmo, mas aconteceu alguma coisa?
— Não quero falar sobre isso.
— Tudo bem, tá certo, é que eu fiquei meio confuso, a senhora costuma...
— Ficar quieta, eu sei, mas hoje é diferente.
— Eu fiquei preocupado, se a senhora me permite.
— Não foi nada.
— Tem certeza? Eu sei que também trabalho pro doutor Marcelo, mas posso guardar segredo.
— Pode mesmo?
— Juro pelos meus filhos, pela minha Sheilinha, e que Deus me carregue se eu estiver mentindo.
— O Marcelo me traiu, Horácio.
— Que isso, dona Carmen.
— É verdade. Acabei de sair de um detetive particular. Contratei o sujeito há uns dois meses. Marcelo me traía sistematicamente, isso é, muitas vezes, com uma amiga minha. Você pode imaginar o meu estado.
— Ô, dona Carmen...
— Vamos até o fim do mundo, Horácio.
— Olha, fica tranquila, vai ficar tudo bem. Os homens às vezes erram.
— Trinta anos. Minha amiga. Se ainda fosse uma vagabunda jovem qualquer, eu entendia, mas trinta anos, Horácio. Três décadas. Você está comigo há séculos. Nunca desconfiou de nada?
— Não, senhora. O doutor Marcelo não fala muito.
— Nada?
— Ah, no máximo sobre o Flamengo.

— Vocês só conversam sobre futebol? Mulheres, nunca?
— Que isso, conversamos, não.
— E com a sua mulher, Horácio? Sobre o que vocês conversam?
— Ah, muita coisa.
— Que tipo de coisa?
— A vida, as crianças, o bairro.
— A relação?
— Difícil, viu? Não é sempre que tem problema pra ficar discutindo.
— Mas já conversaram.
— Algumas vezes.
— E como foi?
— Olha, foi muito bom, muito simples, direto, sabe, dois adultos conversando sobre os sentimentos.
— O Marcelo não falava comigo, Horácio. Nadinha. Ficava calado, quieto no canto dele, e eu lá, que nem uma tonta tentando compreender o que se passava naquela cabeça. Trinta anos.
— E terminar assim, né, que difícil.
— Terminar? Quem disse que vai terminar? Eu vou acabar com a raça daquele filho da puta.
— Tem certeza, dona Carmen?
— Me chama de Carmen ou você, por favor, já pedi.
— Desculpa, desculpa. É que eu fico nervoso com essas coisas.
— Não precisa ficar nervoso.
— Pra mim é meio difícil não sentir isso que você está me contando. Eu gosto muito do doutor Marcelo, infelizmente.

— Não precisa se lamentar, Horácio. Eu também gosto muito do meu marido.

— Acho que não entendi, ou pelo menos não estou entendendo. Se me permite a ousadia, por que continuar depois de um detetive dizer que ele estava colocando uns galhos na senhora?

Ela não respondeu. O lábio inferior tremia. Os olhos boiavam no topo de dois abismos que traçavam uma linha escura no pó de arroz.

— Como a senhora desconfiou?

— Não era bem desconfiança, Horácio. Em trinta anos, o Marcelo nunca me deu motivos para suspeitas ou coisas do tipo, o que agora eu já não tenho muita certeza, mas enfim. Um dia eu acordei e havia um cartão dessa minha amiga, que é advogada, em cima da escrivaninha do quarto. Fiquei me perguntando se havia pego o meu para alguma coisa, afinal ela tinha me entregado durante um jantar, dias antes, mas não, minha memória é boa, não era o meu e o Marcelo não havia ido ao jantar. Aquilo me deixou levemente aborrecida, como se uma pulga estivesse atrás da orelha. E, não sei, depois dos cinquenta eu me tornei uma mulher mais entediada, a vida perdeu um bocado de sentido, meus filhos estão longe, um deles vai se separar, o Marcelo sempre trabalhando muito e eu já fora dessa coisa de serviço, sabe como é, Horácio, uma coisa leva à outra e eu decidi me distrair.

— A senhora procurou um detetive particular por diversão?

— Para sair do tédio.

— E acabou descobrindo...

— Que estou sendo traída. Que o Marcelo está me botando uns galhos, como você disse.
— Desculpa se fui rude.
— Não foi. Eu precisava ouvir a verdade, Horácio. Obrigada.
Ele respondeu com um aceno. Pensou em Sheila. Também desconfiava que o marido era infiel e nem um pouco ético? Os filhos sabiam que o pai financiava a vida de uma prostituta de Copacabana, conhecida meses antes numa noite em que, tão entediado quanto Carmen, decidiu frequentar o puteiro na última vez em que Kelly pisaria por lá? Era destino, evidente que sim, ele repetia numa espécie de mantra autoindulgente, mas também poderia acabar sendo a ruína.
A placa indicando o Recreio lhe devolveu à realidade.
— Aonde a senhora quer ir?
— Escolhe um lugar.
— Dona Carmen, não conheço bem aqui, sei só de umas coisas meio ruins.
— Ruins como?
— Ah...
— Fala, Horácio.
— Uns inferninhos, umas boates.
— Então vamos.
— Dona Carmen, a senhora é uma mulher da sociedade, eu...
— Horácio, me leva pro puteiro. É uma ordem.
Ele parou junto ao meio-fio.
— Dona Carmen, eu posso te fazer uma proposta?
Ela enrubesceu.

— Não, calma, não vou propor beijar a senhora, se é isso que a senhora está pensando. Eu sou casado. E fiel. Acontece que eu tenho uma amiga, em Copacabana mesmo, e ela trabalha num puteiro. Acho que a senhora ia gostar de um ambiente desses, só que mais controlado.

— Eu não quero o controle, Horácio. Eu pensei que tivesse o controle durante trinta anos e descobri que não tinha.

— Eu quero a putaria, não é assim que os jovens falam? Eu quero a putaria. Eu quero ver o pecado.

Ele dirigiu com uma mão no volante e a outra no celular enquanto tentava se lembrar do endereço do clube de swing.

— Horácio?
— Senhora.
— Chegamos?
— É ali naquelas luzes, dona Carmen. Mas eu não posso entrar.
— Por quê?
— Porque eu sou comprometido. Mas a senhora pode. Não precisa fazer nada.
— E como você sabe?
— Eu conheço o segurança, é meu amigo da época da polícia. Vou falar com ele pra deixar a senhora à vontade. Confia em mim.

O manobrista se aproximou. Horácio desceu e pediu que ele esperasse.

— Vou falar com o Sidney rapidinho, marca um dez.

O segurança estava sentado numa cadeira de plástico fazendo palavras cruzadas.

— Quem é vivo sempre aparece.

— Não tô com tempo pra ficar me explicando. Trouxe a patroa, tá completamente surtada.

— Sheilinha voltou?

— Sheilinha é o caralho, porra, presta atenção, é minha patroa mesmo. Descobriu que tá sendo chifrada e quer conhecer uma putaria. Mas não quer participar. Surtou. Olha, mas não se envolve, tá ligado? Parada séria. Pensei em tu dar uma cooperada. Cuida dela pra mim?

— Quanto tempo?

— Uns quarenta minutinhos.

— Porra, tu dirigiu até aqui e não vai entrar?

— Hoje não, Kelly já tá acabando comigo.

— Kelly é a outra?

— Porra de outra, Sidney. É uma só, é uma só.

— E a Sheila, caralho?

— São outros quinhentos. Vai, ajeita a comanda aí que eu vou trazer a madame. Depois tu traz ela pra fora.

O segurança tirou uma comanda verde do bolso do jeans e observou Horácio entregar as chaves ao manobrista. Carmen se aproximou de braços dados com ele.

— Boa noite, minha rainha, seja muito bem-vinda à nossa casa. Meu nome é Sidney e sou seu *host*.

Horácio arregalou os olhos querendo perguntar onde ele aprendera aquilo, mas Sidney pegou Carmen pelo braço e a levou para trás da porta. Aproveitou para tirar uma selfie, que enviou para Kelly. Depois ligou para casa e disse que demoraria a chegar.

A porta se abriu cuspindo os dois.
— Tá entregue, negão. Boa noite, madame, volte sempre.
Horácio segurou-a pelo braço.
— Foi tudo bem, dona Carmen?
— Que mundo doido é esse, menino. Adorei. Larguei o cartão de crédito lá dentro. Quiseram me bolinar e eu não deixei, mas forneci as coisas.
— Que coisas, dona Carmen?
— Ah, bebida, né. Depois viram que eu estava boazinha e pediram uns ambientes privê.
— E a senhora deu?
— Claro que dei. Não é meu o dinheiro. O Marcelo é burro, Horácio.
— E agora?
— Agora nada. Agora eu estou livre. Já vi muita coisa, Horácio. Eu só queria sentir um pouco de sangue dentro de mim. Está tudo bem. Vamos voltar pra casa.

Ele dormiu no quartinho de empregada, em um colchonete improvisado com almofadas. Quando acordou e percebeu que a noite anterior não tinha sido um delírio, decidiu visitar Kelly antes que ela fosse tomar sol na praia.

— Vim te dar um beijo e dizer que te amo. Estou indo pra casa, amanhã tô de volta.

Dercy estava parada junto à porta.

— Vê se demora a voltar, seu corno. Minha bichinha já sofreu muito.

Kelly mandou-a deixar de ser implicante. Horácio não respondeu. Na rua, dirigiu lentamente, observando as pessoas, os vestígios de civilização. Quando abriu a porta de casa, encontrou a sala vazia. Não havia móveis ou porta-retratos. Largou a chave no assoalho e percorreu todo o lugar, sem Sheila ou os filhos. Já não havia mais nada.

Manteiga

Minha irmã veio antes de mim. Isso significa que quando eu nasci, ela já estava viva há tempo suficiente para ter lugar cativo no coração dos meus pais. Era a rainha da casa, a criança para quem as visitas olhavam e diziam Que coisinha mais linda, sem se importar com o fato de que ela, minha irmã, talvez ainda fosse minúscula demais para compreender o que se passava. Mas ela sabia. Sabia que os brinquedos podiam ser tomados só para si nas tardes de domingo, que o retrato da família feliz na sala era seu, que nada seria capaz de abalar a constelação Elisa.

Então um belo dia eu nasci e tomei para mim as fotos, os brinquedos e o centro de gravidade daquele universo contido num apartamento no oitavo andar de um edifício no meio da rua Barata Ribeiro. Eu, o caminho — ela, sem volta.

As coisas começaram a dar errado na minha vida muito cedo, mas admito que não por culpa exclusiva de minha irmã — Elisa era responsável: fosse na escola, tirando notas boas, ou indo ao mercado para adiantar o almoço do dia seguinte, lá estava ela, a pessoa certa na hora certa, a queridinha da família, e não havia nada que fosse capaz de evitar isso — apenas eu e meu parto complicado, minha mãe precisando aplicar sessões de nebulização a cada dois dias, eu e minha vida cheia de problemas que finalmente conseguiram se converter numa pequena empresa de turismo.

Passar o dia em cima de um barco é melhor do que fugir de tiroteio ou acompanhar as desgraças no noticiário. Às vezes eu desligava tudo, deixando só o rádio a postos, e ia até a proa. Deitava debaixo do sol sentindo o balanço do vento enquanto meus olhos paravam na ponte Rio-Niterói. A primeira vez que passei por debaixo do vão foi numa barca para Paquetá. Eu tinha sete anos. Mamãe inventou que precisávamos de um passeio bucólico e fomos as três para um dia na ilha. Lembro da pontada no fundo do peito quando passamos de charrete diante do cemitério de passarinhos e a vida pareceu fina demais. Voltamos ao Rio e minha mãe disse que eu estava calada. Elisa me deu um tapa, disse Fala alguma coisa. Permaneci quieta. De noite, ela se sentou na minha cama sem pedir permissão, beliscou minha barriga e perguntou se eu gostava de me fazer de vítima.

Não dormi. Observei seu sono e cogitei algumas vezes me vingar. Porque também poderia ser isso, vingança contra uma parcela das infinitas coisas que davam errado na minha existência. Eu não tinha notas boas, era incapaz de praticar esportes e achava televisão um saco. Existir era um peso e nem Elisa nem meus pais pareciam fazer ideia ou ao menos se esforçar para que o cenário mudasse. De vez em quando perguntavam se eu estava bem, e só. Quem vivia a realidade dentro daquela casa era eu, e ela se tornou mais dura quando meus pais se separaram e, pior ainda, depois que Elisa decidiu fazer intercâmbio na Espanha.

Numa tarde de domingo, após um almoço com mamãe, eu já ensaiando abrir uma empresa, só não sabia de quê, ela telefonou desesperada. Precisava de dinheiro para uma passagem de emergência e fazia juras de pagar o quanto antes, bastava pisar no Brasil.

— O que aconteceu?

— Mãe, não me mata...

O tempo ficou suspenso e consegui ouvir a buzina de um ônibus lá fora. Eu sabia o que ela ia dizer.

— Eu tô grávida.

Meu sobrinho nasceu prematuro em uma quarta-feira de sol. O pai, igualmente brasileiro e intercambista, tentou se livrar da grande aventura que Elisa estava prestes a lhe proporcionar, mas não conseguiu. Sua mãe, uma advogada, se encantou com a possibilidade de ter um neto e garantiu que Felipe teria todas as condições do mundo para se desenvolver uma criança sadia. Animada, Elisa montou o enxoval e de vez em quando surgia na sala para me mostrar umas roupinhas desinteressantes, às quais eu reagia com acenos breves e grunhidos ininteligíveis.

Por mais que meu sobrinho se mantenha uma espécie de luz na minha vida, por muito tempo precisei duelar com esse instinto nocivo que é nutrir afeto por uma criança. Os primeiros meses foram difíceis, a sogra não ajudou tanto quanto prometeu e Elisa deixou o abacaxi de cocô para minha mãe segurar — mas ela já estava velha e não queria ter de ficar cuidando de outro filho, então, pelo bem da criança, me senti na obrigação de não deixar aquele pedaço de vida se abortar diante de mim. Em algumas noites despertava de pesadelos horríveis nos quais Felipe nascia do meu ventre e formava um rasgo na minha barriga, ou então nenhum homem me queria porque eu era obrigada a andar pelas ruas com uma plaquinha de chumbo em que estava escrito MÃE DO SÉCULO. Conversando com algumas amigas, entendi que a questão não era Felipe ou a situação que Elisa havia criado, mas sim o que eu pretendia a partir daquilo. Meu último namorado tinha terminado comigo meses antes, e desde então a vida afetiva passou a ser festas esquisitas e motéis sujos com caras nem um pouco confiáveis porque minha mãe teria um chilique se soubesse que eu dava por aí. Do meu pai eu pouco sabia, talvez estivesse de namorada nova, e no máximo recebia ligações para dizer que estava tudo bem. Ele respirava aliviado sempre que eu dizia Não queremos o seu dinheiro.

    Felipe cresceu comigo e até os três anos grudou em mim sempre que a mãe não pôde dar a atenção que uma criança pequena merece. Só nos separamos porque Elisa, já brigada com Daniel, conheceu um inglês e decidiu que ia viver longe daqui — Houston, disse animada, o Brian vai trabalhar fixo lá, mas eu já não ouvia: para mim, meu sobrinho ia se despedaçar.

Ela entrou puxando a mala e mandando o filho tomar cuidado para não derrubar os vasinhos ao longo do corredor.

— Essas plantas são frágeis, sua tia te mata se você fizer isso.

— Não é verdade — eu disse, meus dedos fazendo carinho no cabelo encaracolado. — Fizeram boa viagem?

— Foi cool — Felipe sorriu.

— Tinha um bebê gritando o voo inteiro, as aeromoças tiveram que pedir desculpa na saída. Fui direto comprar uma aspirina. Filho, por que você não tirou o sapato?

Felipe pediu desculpas e descalçou as botinhas vermelhas.

— Vem comigo — eu disse —, vou te mostrar o seu quarto.

Ele me acompanhou pelo corredor e deu um gritinho de felicidade quando viu que eu havia preparado uma cama de solteiro com lençol de foguetes.

— Mamãe tá puta contigo — Elisa disse —, não era melhor ter deixado a gente lá?

— Ela já passou da idade. Vocês ficam aqui. Olha como ele curtiu. Tá gostosa a cama, xuxu?

Ele fez um joinha.

— Elisa, você precisa relaxar. Aproveita o Rio. Quer café?

— Preciso. Filho, fica aqui que a mamãe já volta.

Abri o armário da cozinha e peguei a cafeteira. Pus água, separei o café e apoiei as costas na bancada.

— Como estão as coisas com o Brian?

— Ah, tudo indo. Sabe como é, casamento e tal. De vez em quando a gente briga, mas nada demais.
— O Lipe vê?
— Não. A gente toma cuidado.
— É recorrente?
— Ingleses são muito difíceis.
— Porque você é fácil.
— Olha só, eu realmente não estou a fim de brigar.
— Tudo bem, tudo bem. O pai vem ver ele?
— Então, isso que eu queria te dizer. Não fica mimando não, amanhã preciso levar no Daniel.
— Jura? Mas assim, direto?
— Quanto mais eles ficarem juntos, melhor. Daqui a quatro anos o Felipe faz doze e não pode ter essa lacuna com pai, sabe? Que tipo de adolescente ele vai ser? Ser mãe é estar sempre dois passos adiante. Ou quatro anos. *Whatever*. Será que chove hoje?

A cafeteira pingou lágrimas numa caneca verde.
— Mamãe vem jantar com a gente, tem problema?
— Nenhum. É bom que mato as saudades. Como ela tá?
— Andou tendo umas questões, se é que você me entende, mas já resolvi. Levei no médico, vai tomar remédio e daqui umas semanas tá zero bala. Vocês ficam até dia vinte, certo?
— Por quê?
— Só para saber. Planejar rotina. Coisas da vida.
— E na agência?
— Mesma coisa de sempre. Gringos chatos, jovem tirando foto como se estivesse em Angra... aliás, nunca

vou entender isso, sabia? As pessoas vão mergulhar no meio da Baía de Guanabara e acham que estão em Angra. Dá vontade de virar e dizer Vem cá, vocês querem ficar com o ouvido cheio de merda?

— Ai, que horror.

— É sério, não aguento.

— Acho que você tá precisando de uma ioga.

Minha irmã sempre acordou cedo, eu não. Prefiro a noite, mesmo que isso signifique dormir pouco porque preciso ir até a marina receber alguns clientes específicos na agência.

Não ser a única empregada naquele cubículo era um alívio. Eu ficava olhando os iatistas, podia me dedicar à contemplação das coisas bestas da vida, ajeitava as bandeirinhas náuticas na parede e trocava os pôsteres de lugar, tudo isso sob a vigilância atenta de Carlos e Bia, meus dois anjos que aceitavam um salário pequeno, sabe-se lá como. Era questão de tempo até Elisa perguntar se podia ir comigo para uma voltinha.

— Não existe voltinha. Opero nos pacotes oferecidos.

— Ah, você entendeu. Uma ida até as Cagarras, por exemplo. Ou, sei lá, um passeio pela orla.

— Duzentos e cinquenta.

— Você está brincando.

— Claro que não. É combustível que eu gasto, preciso fechar o acesso a outros passageiros, ainda tenho que combinar com Carlos e Bia. Não é assim tão fácil.

— Mas eu sou sua irmã.

— Por isso mesmo que eu vou montar um esquema especial para irmos juntas.
— Pode fazer por duzentos?
— Esteja pronta às nove. Partimos às onze.

Enquanto latinhas e pedaços de isopor perdiam-se no rastro de espuma atrás de nós, decidi bancar a guia que os clientes amavam e, cheia de pose, expliquei a história do Forte da Laje e o horror que as pessoas passavam condenadas à morte por afogamento. Virando-se para a areia, Elisa pediu para mudar de assunto. Disse que era meio bizarro como a cidade ficava maluca daquela perspectiva.
— Os turistas ficam doidos — eu disse. — Para eles, está tudo no alto do Cristo ou do Pão de Açúcar. Quando chegam aqui e observam que a gente foi um puxadinho de arquitetura, um horror civilizatório, tudo muda. Olha Copacabana. Está cada dia mais suja. Vista daqui parece silenciosa, acolhedora, mas é mentira. Olha esses prédios, Elisa. O Rio de Janeiro foi feito para sumir.
Contornamos o Forte e a coisa mais bonita, Elisa disse e eu concordei, foi perceber a praia do Diabo minúscula com suas ondas brutas. O céu estava nublado e umas nuvens vindas da Barra da Tijuca começavam a formar riscos escuros atrás do morro Dois Irmãos.
— Quer dirigir?
— Tá falando sério?
— Ué, por que não? Pega aqui, ó.

Segurei seus dedos e enrolei-os no ferro do leme.
— Não solta.
As ondas estavam bem mais fortes por aqueles lados. Voltei a guiar quando ficamos a dois quilômetros das Cagarras.
— Cuidado pra não abrir a boca — falei —, uma gaivota pode comer a sua língua.
Aquele papo era antigo, mas nunca havia acontecido. Os guias mais sacanas adoravam a cara de espanto dos turistas, e provavelmente teriam surtado com Elisa jogando a cabeça para trás tapando a boca com as duas mãos para evitar qualquer interesse dos pássaros.
Tirei a blusa e o sutiã. Sugeri um mergulho.
— Ficou maluca? E se alguém aparecer?
— Elisa, estamos a seis quilômetros da costa. No máximo, uns pescadores vão ver e perder o peixe. Deixa de ser fresca.
Me espreguicei, deixei o vento lamber meu rosto, subi na lateral do barco e pulei. Ela ficou olhando, incrédula.
— Vem, tá uma delícia.
— Você pirou.
— Pirei nada, vem.
No instante seguinte éramos irmãs unidas pela água e peitos nus, o barco flutuando enquanto bichos sobrevoavam nossas cabeças. Decidi boiar. Meus ouvidos se encheram d'água e a voz de Elisa ficou mais distante conforme as palavras saíam de sua boca.
Ela nadou até mim. Tinha olhos tão firmes quanto os meus, mas as sobrancelhas eram feitas em salão e uma pequena tatuagem se ocultava na base do pescoço. Por

mais que eu quisesse, nunca seríamos a sombra uma da outra. Desde o início tinha sido assim, uma sabotagem inconsciente de ambas as partes, o desejo de aniquilação mútua para então forjarmos um ser mais forte, poderoso, potente. Só que eu odiava aquele cabelo e ela odiava meu trabalho. Eu gostava de ficar acordada e ela queria dormir. O que nos unia era uma espécie de xifopagia espiritual, e isso jamais daria certo em nenhuma vida. Qualquer vida.

— Por que você precisa ser babaca?
— Oi?
— É — ela disse enquanto nadava em direção ao barco. — Por que você precisa ser babaca e fingir que não me escuta?

Nadei também. Subi pela escadinha e puxei as toalhas de dentro do armarinho.

— Eu não fui babaca, só estava boiando.
— Você é sempre babaca.
— Elisa, ficou maluca?

Seus olhos se encheram de lágrimas.

— Te trouxe para um passeio incrível, perdi um dia de trabalho e você tá reclamando de quê? Aproveita o visual, olha como o Rio é lindo, olha a praia, aquela gente toda que nem imagina que estamos aqui discutindo por algo que eu nem sei o que é.
— Acho incrível a sua capacidade de virar o jogo.
— Que jogo? Não tem jogo nenhum.
— No jantar com a mamãe. Por que você falou aquilo?
— Aquilo o quê?

— Que eu devia ser muito feliz em Houston pra conseguir largar o Brasil. Porque obviamente ninguém pode ser feliz fora daqui, fora dessa vidinha escrota que você leva. Ninguém pode querer se livrar de vocês duas.

— Elisa, o que isso tem a ver? Aquilo foi uma piada.

— É sempre uma piada. Uma brincadeirinha. Muito engraçado, realmente.

O tapa veio sem que eu tivesse tempo de reagir.

— Por que você me obriga a isso?

Outro tapa. Levantei e empurrei-a com a cabeça, minha testa pressionando sua barriga. Caímos as duas fazendo um estalo surdo no assoalho. Elisa tentou me arranhar, mas segurei seus punhos e aguentei o máximo que pude quando as unhas azuis morderam minha carne. Soltei arfando. Ela veio para cima, furiosa, me xingando de tudo quanto era nome e dizendo que eu havia roubado seu filho, que ia acabar comigo de uma vez por todas.

Nos engalfinhamos até que ela tropeçou em um dos coletes que ficaram no chão e eu a empurrei. Seu corpo caiu no oceano quando as nuvens formavam um círculo sobre as ilhas. Duas trovoadas deram a volta no céu e o barco sacudiu. Elisa começou a nadar. Voltei para o leme e liguei o motor, impedindo sua subida.

— São quarenta minutos até a marina, não vou arriscar.

Ela disse que me odiava. Sentei no banco e esperei, o cheiro de combustível invadindo meu nariz.

— Você tem dois minutos para se decidir.

Elisa me xingou de novo. Fitei-a como uma mãe diante do filho rebelde.

— Ou você se comporta ou eu juro que te deixo no mar.

Ela não respondeu. Seus olhos brilhavam de lágrima e por um segundo me arrependi de ter sido tão dura — mas ao mesmo tempo era todo o peso de uma existência sendo despejado ali, junto com o esgoto, contaminando as águas; eu não precisava me arrepender.

— Me deixa subir.
— Vai se comportar?
— Vou.
— Jura pelo seu filho.
— Eu juro.
— Por quem?
— Pelo meu filho.
— Fala o nome dele.
— Felipe.
— Agora jura.
— Eu juro pelo Felipe.

Desliguei o motor. De cabeça baixa, Elisa não deu um pio nos dez minutos seguintes. Quando as primeiras gotas de chuva castigaram nossa pele, ela surgiu na minha frente com os dentes por cima do lábio.

— Eu vou te matar.

Desliguei o motor e o barco deu um tranco. Elisa se segurou e eu, burra, caí. Ela contornou o leme, pegou o sinalizador e veio para cima de mim. Apontou na minha cara e eu podia imaginar meu rosto explodindo numa luz vermelha e intensa.

— Isso é um sinalizador, sua imbecil. Vai explodir o barco, te levar junto e fazer um esporro. O que você acha que vai acontecer? O Carlos e a Bia estão na marina e não tem combustível. Sua única chance de voltar pro seu filho é comigo dirigindo isso aqui.

Seus olhos ensaiaram piscar mais devagar. Aproveitei a deixa e chutei sua canela. Elisa perdeu a mira. Tomando o sinalizador, apontei para o seu rosto.

— Não me obriga a fazer o que eu não quero.

Abri o armarinho e puxei a arma de airsoft que Carlos comprou depois que uns idiotas ameaçaram roubar o barco. Por lei, a ponta deveria ser laranja, mas isso anularia o efeito intimidante. Era a primeira vez que eu usava.

Elisa sentou. Religuei o motor e esperei. Mantive uma velocidade que evitasse solavancos. Sem que ela percebesse, guardei o sinalizador e a pistola. No instante seguinte, seu corpo caiu na água. Ninguém teria conseguido impedir. Estávamos perto do Forte da Laje, mas não o suficiente para que a correnteza atraísse seu corpo para as pedras.

A chuva aumentou, minha visibilidade ficou levemente comprometida. O mar parecia uma cama de agulhas. Elisa nadou na direção do Forte e eu contornei-a mantendo uma distância segura o suficiente para que meus gritos fossem ouvidos.

Atirei uma corda na água. Ela sorriu. Raios e trovões bombardeavam a cidade.

Quando tornei a olhar, ela tinha desaparecido.

Puxei o rádio. Avisei Carlos e Bia. Iluminei a água com a lanterna e a luz não trouxe nada. Minha irmã sumira no meio do mar após uma discussão cuja única testemunha era eu. Um filho, uma mãe, um marido em terra firme. Nada disso importava. Ela queria acabar comigo. Ela precisava acabar comigo.

Ouvi ao longe o rumor de helicópteros. Divisei uma silhueta nas águas, prestes a entrar no refluxo do Forte, e prendi outra corda na cintura. Nadei até avistar seu rosto. Havia um pedaço de plástico pontiagudo entre seus dedos. Só então percebi que boiávamos em uma poça de sangue.

Semana passada demoliram a mercearia para dar lugar a um edifício de apartamentos, mais um daqueles elefantes brancos que parecem ser a última maravilha arquitetônica, tudo de mais chique e moderno em termos de construção civil para meses depois sumir em folhetos e anúncios de compra e venda. Senti pena pelo seu Ming, que me vendia fiado e tinha os melhores cogumelos. Eu gostava de comprá-los ainda frescos, no mesmo dia em que apareciam nos caixotes que saíam dos caminhões refrigerados. Do meu quarto dava para ouvir o ruído das portas se abrindo, os gritos, a vizinhança despertando enquanto os olhos permaneciam fixos no teto, a imaginação alternando entre a imagem dos cogumelos com alho na manteiga e o vulto da minha irmã sendo resgatada por um barco dos bombeiros, ao que surgia também o policial que não acreditou em mim, os ombros curvos da minha mãe diante do médico suplicando por uma cura, o rosto gringo de Brian somando-se a Daniel na emergência, Felipe sentado no meu colo pedindo notícias de Elisa. Parece que foi ontem, ou qualquer dia desses, mas está no passado assim como eu estou aqui, firme e forte apesar de tudo, longe do Texas e de Daniel, meu sobrinho crescendo sem a presença da mãe, cada vez mais distante e sozinha, seu destino desconhecido na pátina do sumiço após ter alta, ninguém mais se importando. Bolívia. Chile. Cuba. Me pergunto quão longe ela conseguiu ir, ou se nem foi, alugou um apartamento na Glória e me espia na fresta das esquinas.

Olhos fechados, lembro da fúria em seu rosto quando me batia na infância, quando me invejava na adolescência, quando tentou me matar no oceano atlântico.

Se eu me torturar bastante, o que invariavelmente ocorre, tudo isso — o hospital, a fuga, as pessoas e a demolição da mercearia — chega num barquinho que vem percorrendo a bruma seca da manhã até me entregar cogumelos frescos. No ar dessa tortura, um cheiro forte de manteiga.

Antes que o sol

Ele escolheu trabalhar à noite porque tinha menos trânsito. Era melhor deslizar pelas ruas da cidade quando não havia mendigos atravessando adoidados ou motoqueiros costurando. Leticia ficava preocupada, não achava de bom tom um homem com filho arriscar a vida assim. Não que tivesse escolha. Se o dono do carro dissesse Você vai trabalhar de dia, então ele ia trabalhar de dia. Mas trabalhava de noite. Chegava de manhã cedo, via o menino antes do sol, Leticia sentada à máquina com os panos coloridos, e ia dormir. Acordava no fim da tarde para pegar uns cigarros na banca e jogar no bicho, perto do cemitério, depois voltava e comia. Leticia deixava o prato de salada sobre a mesa, alface e uns pedaços de tomate mal cortados, as bordas ainda com o serrilhado da faca. Ele não reclamava. Sabia que ela passava o dia todo trabalhando e tinha que cuidar do menino. O dever dele era sustentar.

As corridas vinham pelo aplicativo. Primeiro tinha que se aproximar, franzir a testa e enxergar direito. De noite, qualquer um é bandido. Não que de dia não seja, mas de noite é mais. Quem ensinou isso foi o pai. Ele tentou se livrar. Diversas vezes disse que não ia seguir o mesmo caminho, tinha condições de passar para uma universidade pública, conseguiria se livrar do estigma de suburbano taxista, mas aí veio o confisco e o único jeito de não morrer de fome foi a corrida. Começou como meio-período — para ver como é, o pai disse. No primeiro mês, engravidou uma menina e obrigou-a abortar. O pai pegou o cinto e, ainda que ele fosse mais alto e forte, os ombros largos se dobrando ao redor do pescoço duro, não quis saber e deu uma surra para aprender a virar homem. Nunca mais viu a menina, mas parava todo dia na igreja de São Jorge e rezava com o crucifixo preso no console, os dedos quase estraçalhando as continhas.

A primeira corrida foi uma senhora que foi visitar a filha e precisava chegar em casa antes do toque de recolher. Os homens desceram, ela disse, mandaram todo mundo fechar depois das sete que é pra não dar mole pra polícia.

Ele deixou em ponto-morto e olhou para ela, o rosto caído por cima de um vestido opaco. Não é melhor a senhora ficar com a sua filha?

Ah, não, já estou acostumada, eu...

Ele parou de ouvir. Conhecia o tipo. De início, aquele papinho para quebrar o gelo e mostrar que está ouvindo, mas depois começa a lenga-lenga e ninguém está realmente ali. Como diria o pai, o taxista é um fodido-confessionário: fodido porque ganha pouco, e só não é burro de carga porque Deus inventou a gasolina; confessionário porque o mesmo Deus que criou a gasolina também deu os prazeres da carne e diminuiu a oferta de padres. Meu filho, dizia, você vai passar o resto dos seus dias ouvindo gente chata. Aprende o teu ouvido.

Ele aprendeu. A buzina é mais alta que o ruído no banco do carona, ou ao casal se beijando ali atrás, o rapaz enfiando os dedos disfarçadamente entre a calcinha e a coxa, como se ninguém soubesse que ele estava prestando atenção em tudo — prestar atenção, o pai também dizia, esse é o segredo, e fica esperto porque não quer dizer estar de olho: é perfeitamente possível prestar atenção sem estar de olho.

Odiava o tom profético do pai. Pensou diversas vezes em sair daquela casa e viver de diária para não cair entediado. Leticia impediu. Se conheceram num baile, ele foi com os amigos e ela, com as primas. Ele só partiu para o esquema de diária quando o pai vendeu a autorização da prefeitura. Com um filho para criar, restava fazer a única coisa que sabia — dirigir.

A senhora desceu sem agradecer. Correu para dentro do edifício fazendo o sinal da cruz. Ele riu. Foi em direção ao túnel e ficou nas redondezas da Lagoa. Já levou umas cinco meninas e dois rapazes, e agora recebeu no aplicativo um sujeito na Borges de Medeiros.

O homem entra esbaforido. Ele arrasta o dedo na tela e espera o comando.

Senhor, esse endereço aqui tá certo?

Desculpa, eu botei qualquer coisa. Vamos pra Barra mesmo.

Ele acelera. Aonde na Barra?

Na praia. Qualquer lugar. Preciso achar meu filho.

Ele hesita.

Meu filho desapareceu, o homem diz, desculpa, não vou conseguir ficar falando muito.

O senhor quer alguma ajuda?
Não.
Quantos anos ele tem?
Quinze.
Tem muito tempo?
Não. Eu estava trabalhando, minha esposa ligou e disse que ele tinha ido a uma festinha, mas agora não atende o celular e, segundo ela, os amigos estão dizendo que sumiu.
Sumiu como?
Foi embora.
Onde era a festa?
Na praia. Uma coisa de jovens. Luau, talvez. Não sei.
Em que parte da praia?
Olha, cara, eu não sei, pareço o pior pai do mundo, juro, tô me sentindo o pior pai do mundo, mas não sei. Eu só confio nele, entende? Não pode ser tão difícil assim.

Uma garoa começa a cair. Ah, o homem diz, era só o que faltava.

Calma, respira, vai ficar tudo bem. É só a chuva. Eu também tenho um filho, entendo sua preocupação.

Pela primeira vez, o homem tira os olhos do celular e deixa que ele veja seu rosto encardido.

O senhor falou com a polícia?
Minha esposa tá cuidando disso.
Posso botar uma musiquinha?
Não precisa.
O ar tá bom? O senhor aceita uma bala?
Tá tudo certo, querido, eu só preciso do meu filho.

A chuva aumenta e os dois entram no túnel. Passam por São Conrado com o homem grudado na janela, os ombros por cima do celular. Os pingos que caem do céu são grossos o suficiente para ensaboar o asfalto, mas fracos demais para comprometer a visibilidade. Jamais ligue o para-brisas se não for realmente necessário, o pai dizia, aquele barulho irritante é uma tortura, e se você desliga o passageiro vai ficar querendo explicações. Não irrite o passageiro, ele pensa. Principalmente se estiver com o filho perdido.

Essa placa é um abuso, o homem diz.

Perdão?

Essa placa. Sorria, você está na Barra. Isso é um absurdo. Ninguém sorri porque está na Barra. É muito cinismo. Essa cidade tá acabada. E sabe o que é pior? Esses idiotas deixam a placa aí e esquecem de cuidar do canal cheio de esgoto, esse cheiro de merda subindo.

O telefone toca. O homem murmura qualquer coisa. Ele aperta o volante e pensa no filho. Faz um balão na descida do viaduto, pega o caminho da praia. Pergunta se houve alguma notícia.

Nada. Aquela proposta da música ainda tá de pé?

Ele liga o rádio. Alguma estação preferida ou...

Você escolhe.

Ele deixa na de sempre. O homem não reclama; cutuca seu ombro e pergunta se não pode descer e passar para o banco da frente. Ficar aqui atrás me dá agonia, parece que eu não vou conseguir ver direito.

Claro. Chega mais. Me fala, como ele é? O seu filho.

O homem se ajeita no banco do carona e mostra um retrato no celular — isso foi ontem. A gente saiu pra comer e eu tirei essa selfie.

Ele vê um moleque de nariz adunco, pele cor de mel e uns olhos duros de quem começou a entender o mundo e não está gostando nem um pouco. Vai dar tudo certo, diz. A chuva não incomoda, mas o barulho no capô lembra Leticia na máquina de costura, o mesmo ritmo de algo que parece rasgar para reconstruir.

Desculpa a pergunta, mas você faz o quê?

Sou professor de economia.

Que bacana.

Hoje em dia, bem menos do que parece.

Por quê?

Eu digo x pros meus alunos e no dia seguinte acontece y e eu viro a noite tentando compreender. Sabe a crise de 2008?

Mais ou menos, ele confessa.

Até ali eu sentia que tinha algum domínio. Então caíram as grandes instituições e eu percebi que não entendia mais porra nenhuma. Estar vivo hoje em dia é ser arrastado pros Alcoólicos Anônimos. Manja aquele papo de um dia, outro dia, e aí a cada tantos dias uma fichinha de Parabéns, você está vencendo? É a mesma merda. A vida virou isso, meu amigo, a gente vive um dia após o outro e vai se recompensando a cada vez que viu que não se perdeu pra loucura. Até que seu filho some, claro, porque aí fodeu de vez.

Ele não entende muito bem e acha meio desrespeitoso com os membros dos Alcoólicos Anônimos, tem um primo que fazia parte e desistiu. Mas também não pode ficar quieto. Seu filho já vai aparecer — diz.

O homem abaixa a janela e bota a cabeça para fora. Uma rajada de vento enche o carro de respingos.

Tá vendo alguma coisa?

Nada.

É sua vez de abaixar o vidro. Tenta enxergar aglomerações de jovens na neblina, mas a praia está deserta. O telefone do homem toca e ele volta à realidade. Quando desliga, pergunta E aí?

Minha esposa falou que um dos meninos disse que o luau acabou há algumas horas, quando viram que ia ter chuva. O moleque disse que meu filho foi comprar cigarro. Eu não acredito que vou perder meu filho por causa de cigarro.

Você não vai perder seu filho.

Como você pode ter tanta certeza?

Eu não tenho, mas qual é a alternativa? Se desesperar? Estamos rodando há vinte minutos, já quase no fim da praia, e nada. De que adianta o desespero?

Para o carro.

Ele finge não ouvir.

Para o carro que eu quero descer.

Desculpa, eu...

Para o carro, merda.

Ele para. O homem solta o cinto, abre a porta e, de pé do lado de fora, dá um grito. Ele observa. O rosto do sujeito está vermelho e a chuva se mistura a uma viscosidade que parece lágrima. Ele puxa a porta do carona para si e abre a do motorista. Tira o cinto, desce, contorna o carro. A chuva aperta. Uma picape zune pela avenida.

Sua esposa foi na polícia?

Parece que precisa ter algumas horas até comunicar na Antissequestro.

E já tem muitas?

Algumas. Não são o suficiente para procurarem um menino.

Você conhece esses amigos do seu filho?

Conheço um, dois, não sei.

E eles são legais? Digo, são pessoas de confiança?

O que você está querendo dizer? É claro que são pessoas de confiança.

Ele se lembra das regras do pai. Acha melhor não dizer nada, mas aí o homem pega o telefone e manda um áudio duro que termina num xingamento à esposa. Ele não se aguenta e diz Calma, malandro, a mulher tá com o filho desaparecido e tu vai meter papo de casamento? Eu sei que não tenho nada a ver com isso, a vida é sua, mas vai com calma aí.

O homem guarda o celular e conta que o casamento acabou há três dias.

Ela descobriu que eu estava traindo.

Por isso o almoço com o seu filho?

É.

Então mais um motivo. A mulher tá sendo chifrada, perdeu o marido e ainda lida com um filho desaparecido. Aliás, você não acha que pode ser isso? Você contou pro seu filho, não contou?

Como você sabe?

Eu não sei, só fiz uma pergunta. Tu disse que anteontem seu casamento acabou, e ontem almoçou com o menino. Aí hoje ele desaparece. Não é meio óbvio?

O homem dá um giro e o agarra pela camisa. À distância, na luz fria dos postes na chuva, os dois são um único bloco escuro.

Repete isso e eu te mato aqui mesmo, filho da puta.

Seu filho não vai voltar se você me agredir.

O homem solta dando um grito. Ele tem a impressão de que a chuva está mais fria e pesada. De relance, vê o mar, enxerga as ondas esmagando a areia dura.

Aonde ele pode ter ido?

Não sei, porra.

Pergunta pra mãe.

Ela também não sabe.

Os amigos?

Ninguém sabe. Meu filho só estuda, fica naquele colégio o dia inteiro. Todo mundo que ele conhece é de jogar no computador ou então do curso de inglês. Eu quero tirar ele da escola, minha esposa não deixa.

Por quê?

Porque ela acha que é só uma fase.

De vez em quando, Leticia diz isso. É só uma fase. Os dois brigam, ficam dias sem se falar e, quando trepam, ela diz Viu, é só uma fase, você precisa me deixar refletir sem ficar me pressionando.

Nunca é só uma fase, ele diz.

O homem sorri. A gente acha que sabe tudo, eu aqui, que nem um otário, quase agredindo o taxista só porque minha esposa descobriu o que eu fazia, e o que me dá direito, um diploma? Alunos? Eu não disse que era um fodido?

Você não é um fodido, só está confuso. Vamos voltar pro carro.

Não, o homem diz. Preciso fazer de outra forma.

Qual?

A pé. Deixa com o taxímetro ligado e a gente vai andando pela areia.

Amigo, desculpa, mas isso eu não faço, não. Vamos de carro.

E se meu filho estiver na praia?

A maré está alta. A faixa de areia diminuiu. Se tiver alguém nessa chuva, vai ser mole a gente ver.

O homem abre a porta do carona e entra. Não bota o cinto. Fica com a mão na cara, os dedos conferindo o celular e os olhos tentando enxergar qualquer ponto que não seja os barcos no horizonte. Mas não há ninguém.

Refazem o percurso. Ele se oferece para botar o celular no bluetooth, Caso sua esposa ligue. O homem aceita. Ela telefona minutos depois. Diz que falou com o Carlito e vão acionar a polícia daqui a meia-hora.

Tô aqui com o taxista. Estamos no viva-voz.

Oi, ele diz.

Ela não responde. Como se nunca tivesse ficado irritado, o homem arremata que vai dar tudo certo. E desliga.

Ela sabe que você foi almoçar com o menino?

Sabe.

Por que você fez isso?

Porque senão ela ia contar.

E faz diferença?

Você não sabe como são as mulheres? Amigo, não tem coisa mais otária nesse mundo do que um homem com tesão, mas também não há nada mais determinado do que uma mulher com raiva. A gente precisa se prevenir.

De quê? Mais cedo ou mais tarde seu filho ia acabar descobrindo.

Agora tu é psicólogo?

Eu não sou nada, parceiro, sou só um taxista tentando achar um fantasma no meio da chuva.

O homem gargalha. Viu? A vida é mais ridícula do que parece.

O telefone toca. Um dos meninos disse que tem uma pista, ela diz. Ele diminui a marcha e aumenta o volume. A mulher pergunta se ele ainda está com o taxista.

Tô.

Então é o seguinte: vocês dois vão até o Pontal. Ali perto tem um condomínio que começou a ser construído faz uns meses. O Gonçalo disse que o Fabricio pode estar ali.

Num condomínio em construção? Você ficou maluca?

Larga de ser intransigente por um segundo e escuta o que eu digo. Motorista, tá me ouvindo?

Oi, senhora, boa noite.

Pisa nesse acelerador.

Ela desliga. Ele olha para o homem.

Você ouviu o que ela disse.

Ele sorri e acelera. A pista está vazia. Quando freia, o carro desliza muito. Lembra que precisa trocar as pastilhas.

O edifício ainda é um esqueleto de concreto. A chuva está tão forte que fez um buraco no showroom da imobiliária e uma goteira inunda a maquete. Ele acha o prédio horroroso.

Deixa que eu vou, o homem diz.

Ele fica dentro do carro. Manda mensagem para Letícia. Sabe que ela está dormindo, mas um Te amo nunca fez mal a ninguém. O homem volta. Nada. Liga para a mulher e manda verificar essa porra de novo. Ela desliga e retorna cinco minutos depois.

Falei com o menino. Existe uma última alternativa, mas não sei se vocês vão querer. A Gigóia. O Gonçalo disse que é uma boa alternativa.

Quem é esse Gonçalo, cacete?

O filho da Eliana. Você não lembra da Eliana?

Lembro. Ok. Gigóia. Mas assim não dá, eu preciso de uma dica. Não posso simplesmente chegar e perguntar se alguém viu um menino e...

Ah, ela diz, irônica, entendeu, né?

Ele dirige o mais depressa possível. As calçadas estão inundadas. Ele desliga o taxímetro. Estaciona em frente ao metrô e o homem desce, furioso. Não tem ninguém ali. Retorna querendo ligar para a esposa.

Oi, não tem ninguém nos barcos pra atravessar o canal.

Tudo bem, deixa.

Como, deixa?

Vem pra casa.

Por quê?

Vem pra casa.

Por quê? O Carlito falou alguma coisa?

Esquece o Carlito. Só vem pra casa.

Me diz o que aconteceu.

Nada. Não aconteceu nada. Só é melhor você vir pra casa.

Eu vou achar meu filho.

Seu filho está aqui.

O quê?

Seu filho está aqui. Acabou de chegar.

Ela desliga, fria. O homem sorri e o abraça enquanto agradece aos céus. Ainda não percebeu. Sequer entendeu. Ele ri com o canto da boca. Mais tarde, conversando no café da manhã, Leticia diz Só se ela já soubesse muito antes e tivesse planejado, não sei, tô dando um exemplo, segue o raciocínio, o filho comenta que vai ter uma festinha, ela dá a cena da descoberta do chifre, que aqui não é descoberta nenhuma, e talvez force a barra pra um almoço entre os dois, aí rola a tal festa e o moleque, que pelo que você me disse é um imbecil que nem o pai, poderia perfeitamente desaparecer. É cruel, eu sei, mas acho que alguém nessa história toda nunca mais vai trair.

Ele fica quieto até o fim da corrida. O homem abre a carteira e lhe entrega quatrocentos reais e um cartão de visitas enquanto diz Obrigado por tudo. Então abre a porta e salta em direção ao edifício. Ele permanece em silêncio por alguns instantes. Olha para cima, tenta adivinhar qual das janelas é o apartamento e qual a dimensão da briga. Queria ser uma mosca para estar na cozinha.

A chuva diminui. Ele roda a cidade sem querer pegar ninguém. A única interrupção ocorre quando vai ao posto abastecer e comprar sanduíche com guaraná. Pensa em ir para casa, mas Leticia ainda vai estar dormindo e ele precisa dela acordada.

O rádio anuncia os estragos da ventania. A areia de Copacabana não passa de uma massa compacta onde pessoas correm impunes diante da nuvem preta. Ele mastiga o sanduíche assistindo aos mendigos revirarem o lixo. Vislumbra um início de luz surgir detrás do Forte. Então volta para o carro, pisa no acelerador e vai para casa antes que o sol termine com tudo.

—

Este livro foi composto com as tipologias
Century e Roboto e impresso em papel
Pólen Bold 90g/m² em janeiro de 2022.